नीति-अर्थ-राजनीति

(सार्वजनिक नीतियों का गाँधीवादी दृष्टिकोण)

डॉ विजय श्रीवास्तव
डॉ तनिमा दत्ता

दिल्ली-110089, (भारत)

संस्करण : 2021
ISBN : 978-93-90889-84-6

मूल्य : 275/-

© सम्बंधित रचनाकार के अधीन
आवरण : ज्योति

नीति-अर्थ-राजनीति
सार्वजनिक नीतियों का गाँधीवादी दृष्टिकोण
डॉ. विजय श्रीवास्तव
डॉ. तनिमा दत्ता

NeetiArth Rajneeti
Sarvjanik Nitiyo Ka Gandhivadi Drishticon
-Dr. Vijay Shrivastav
-Dr. Tanima Dutta

Published by
PRAKHAR GOONJ PUBLICATION
H-3/2, Sector-18, Rohini, Delhi-110089
E.mail : prakhargoonj@gmail.com
sinha.neelu123@gmail.com
Ph. no. : 011-42635077, 7982710571, 7838505899
Web : prakhargoonjpublications.com

इस पुस्तक के किसी भी हिस्से को प्रकाशक अथवा लेखक की पूर्व अनुमति के बिना इलेक्ट्रॉनिक अथवा किसी अन्य माध्यम द्वारा पुनः प्राप्ति समेत किसी भी रूप में अथवा किसी भी माध्यम से इसे प्रसारित नहीं किया जा सकता है। ऐसा किए जाने पर सम्बंधित के विरुद्ध कानूनी कार्यवाही की जा सकती है।

गांधी विचार नीति
श्रृंखला-१

"नीति-अर्थ-राजनीति"

सार्वजनिक नीतियों का गाँधीवादी दृष्टिकोण

पुस्तक परिचय

वर्तमान संदर्भ में जब कि आर्थिक नीतियां और राजनीतिक नीतियां एक संक्रमण काल से गुजर रही हैं और प्रतिष्ठित विकासवादी सिद्धांत आर्थिक और सामाजिक समस्याओं को हल करने में व्यापक समाधान प्रस्तुत नहीं कर पा रहे हैं। यह पुस्तक अर्थ तंत्र, नीति, और राजनीति के मुद्दों पर एक आलोचनात्मक गांधीवादी विश्लेषण प्रस्तुत करती है। प्रस्तुत श्रृंखला गांधी विचार को नीतिगत मुद्दों से जोड़कर देखती है। इस श्रृंखला के लेख समाज के अहिंसक निर्माण और ज्ञान के विकेंद्रीकरण के लिए वैकल्पिक दृष्टिकोण से सार्वजनिक नीति के विषयों को देखने का प्रयास भी करते हैं। साथ ही साथ ये पुस्तक विनोबा, अम्बेडकर और लोहिया के समाजवादी दर्शन और दीनदयाल उपाध्याय के एकात्म मानववाद दर्शन के भी कुछ पहलुओं पर गांधीवादी दृष्टिकोण से देखने का प्रयास करती है। दोस्ताना पूंजीवाद के कारण जनित असमानताओं को दूर करने के गांधी की अहिंसक सम्यक दृष्टि किस प्रकार से आज की सार्वजनिक नीतियों में सुधार चाहती है, ये पुस्तक उन विषयों पर भी वैचारिक मंथन करती है। आशा है, पाठकों को ये पुस्तक श्रृंखला एक अहिंसक वैचारिक दृष्टिकोण देने में सार्थक होगी।

Dr. Nagendra Kumar Maurya
Assistant Professor

Department of Applied Economics
University of Lucknow
Lucknow- 226007 (U.P.), India
email: nagendrainsearch@gmail.com
Mobile No.: +91-9450138773

Dr. Vijay Shrivastav,
Assistant Professor,
Department of Economics,
Lovely Professional University, Jalandhar

Dear Dr. Vijay,

I am extremely happy to know that your long pending dream of publishing all your random writings about Gandhian thoughts and their application on solving socio-politico-economic problems of the nation in the book form, is becoming a reality. My heartfelt congratulations on your upcoming book "Neeti-Arth-Rajniti: Sarvjanik Nitiyo Ka Gandhivadi Drishticon". I have been a regular reader of your articles published in various national newspapers and journals. I have always admired your critical thinking about economic policy making and the Gandhian way of thinking for solving the existing socio-economic problems of the economy. Linking humanness with the economic policy making and development is something commendable addition to the existing Gandhian literature.

I am sure the book will prove to be a basic guide for the researchers, social activists and policy makers who believe in human centric approach of development. Eagerly looking forward for reading the whole book.

Wishing you all the best

19/08/202

Date: 19/08/2021

(Nagendra Kumar Maurya)

अनुक्रमणिका

समय की मांग है गांधी के आर्थिक दर्शन की प्रासंगिकता पर चिंतन करना

बहुत से विद्वान अर्थशास्त्री गांधी जी को आज भी एक आर्थिक चिंतक के रूप में स्वीकार नहीं करते हैं और उनके आर्थिक दृष्टिकोण को एक कभी न पूरा होने वाला सपना या अंग्रेजी में कहें तो 'युटोपिया' बताते हैं। किन्तु जब हम वैश्विक स्तर पर बड़े-बड़े आर्थिक सिद्धांतों को असफल होते हुए देखते हैं, तो हमारा ध्यान फिर से गांधी के उस सरल और मानवीय अर्थशास्त्र की ओर जाता है जिसे उन्होंने विद्वानों के लिए नहीं जनमानस के लिए सरल शब्दों में सरलता से समझाया था। अन्य आर्थिक सिद्धातों की जटिलता की तुलना में सरलता ही गांधी के आर्थिक चिंतन की विशेषता है। रहा सवाल प्रासंगिकता का तो जब हम नियो क्लासिकल या पश्चिम के अर्थ चिंतकों की परिभाषाओं और अवधारणाओं को असफल होते हुए देखते हैं, तो गांधी की प्रासंगिकता और बढ़ जाती है। आधुनिक अर्थशास्त्र, असामानताओं, संघर्ष और असमान वितरण का अर्थशास्त्र है। विभिन्न सामाजिक शोधों और अनुसंधानों से भी ये बात स्पष्ट है कि भूमंडलीकरण के दौर में हमने वाणी विहीन, रोजगार विहीन, क्रूर और असमान वृद्धि प्राप्त की है। गांधी ने इस प्रकार की वृद्धि को अपनी कालजयी रचना हिन्द स्वराज में आज से लगभग 100 वर्षों पहले ही पहचान लिया था।

वर्तमान विकासशील अर्थशास्त्रियों द्वारा इन बातों को महत्व देना ही गांधी की प्रासंगिकता को साबित करता है। गांधी की सर्वोदय, न्यासिता, श्रम की महत्ता, अहिंसक समाज की स्थापना, विकेंद्रीकरण, विलासिताओं पर नियंत्रण, स्वदेशी की अवधारणा उनके राजनीतिक अर्थव्यवस्था के अहिंसक सिद्धांत को और अधिक बलवान बनाती है। गांधी के विचारों पर बी एन घोष, रमेश दीवान, मार्क लुट्ज, थामस बेबर, कुमारप्पा, विनोबा, लोहिया अजीत के दासगुप्ता, शशी प्रभा शर्मा, भीखू पारेख और आर पी मिश्रा जैसे प्रखर विद्वानों ने योगदान दिया है। गांधी का अर्थशास्त्र केवल गांधी की देन नहीं है। हमें इस बात को भी समझना होगा। गांधी की आर्थिक दर्शन में सबसे बड़ा योगदान कुमारप्पा, दादा धर्माधिकारी, श्रीमन नारायण और सर्वोदय जगत के अन्य चिंतकों ने दिया है। गांधी का आर्थिक दर्शन केवल आर्थिक ना होकर सामाजिक व रचनात्मक

भी है। इसकी प्रासंगिकता इस बात से ही साबित हो जाती है कि नव-क्लासिकल अर्थशास्त्र का कोई भी सिद्धांत संघर्ष समाधान की बात नहीं करता जबकि गांधी का अर्थशास्त्र शांति का अर्थशास्त्र है। आधुनिक जैन समाज के मुनि ने पुस्तक लिखी थी जिसमें उन्होंने अणुव्रत सिद्धातं को सिद्धांत को गांधी की इच्छाविहीनता के सिद्धातं से जोड़ा था। आखिर ये सिद्धांत है क्या? अहिंसक व्रत। गांधी भी तो इस अहिंसक व्रत की बात करते हैं। विडंबना देखिए कि भारतीय मूल का चिंतन जिस संतोष प्रधान न्यूनतम उपभोग की बात करता है उसकी हमने पाश्चात्य आर्थिक सिद्धांतों मोह मे आकर अवहेलना कर डाली। पश्चिम आर्थिक सिद्धांत इस धारणा को बल प्रदान करते हैं कि हमें अधिकतम उपभोग करना चाहिए जबकि विरोधाभास यह भी है कि ये परिभाषाओं में हमें सिखाते हैं कि कि संसाधन सीमित है। गांधी अपनी आर्थिक अवधारणा की परिभाषा में साधनों की सीमितता के साथ-साथ इच्छाओं की न्यूनता की बात भी करते हैं। उनका यह कथन कि 'धरती में व्यक्ति की आवश्यकताओं के लिए तो सब कुछ है किंतु लालच के लिए नहीं' गांधी की अर्थशास्त्र की परिभाषा को सरल रूप में जनमानस के सामने रखता है। जैसा कि मैंने इस लेख में पहले भी कहा है कि गांधी का अर्थशास्त्र सरलता का अर्थशास्त्र है और उसमें किसी प्रकार की जटिलताओं का कोई स्थान नहीं। ऐसा क्यों हुआ? कारण था समाज की स्थाई व्यवस्था को ना समझना और गांधी के अन्य आर्थिक सिद्धांतों की उपेक्षा करना। इस उपेक्षा के कारण वर्तमान आर्थिक व्याधियां उत्पन्न होती हैं। गांधी के दर्शन पर चिंतन मनन करने वाले बहुत विद्वान यह भी मानते हैं कि भारत जैसे देश में एक मध्यम तकनीक या लघु तकनीकी उपयुक्त है, किंतु श्रम प्रधान देश होने के बावजूद पूंजी प्रधान तकनीक को अपनाना व्यापक बेरोजगारी को निमंत्रण देना है। इसी बात को पंडित दीनदयाल उपाध्याय अपनी पुस्तक भारत की अर्थनीति दशा और दिशा में दोहराते हैं। राम मनोहर लोहिया की भी दृष्टि इसी ओर जाती है और वह भी गांधीवाद के अंतर्गत ही अपना आर्थिक विचार रखते हैं, यद्यपि उनकी और गांधी की कुछ अवधारणाओं से वैचारिक विभिन्नतायें भी हैं।

भूमंडलीकरण के बाद जिस तरह समाज में वाणी विहीन, रोजगार विहीन और क्रूर वृद्धि हुई है, आर्थिक चिंतकों को एक बार फिर से गांधी के अर्थशास्त्र की ओर देखने के लिए

देखने के लिए विवश होना पड़ा है। शोधार्थियों जैसे स्टिग्लिट्ज, पिकेटी, अमर्त्य सेन, हिमांशु और अन्य ने यह पाया है कि भारत में उदारीकरण के बाद आय, धन और संपत्ति के वितरण में असमानता बढ़ी है और एक नए प्रकार के वर्ग संघर्ष ने जन्म लिया है। गांधी जी इस बात को पहले ही भांप चुके थे। उनके विचार को हमें समझना होगा गांधी ने लिखा था कि 'औद्योगिकरण समाज में विषमताएँ लाता और यह एक प्रकार की हिंसा है।' जबकि गांधी के अर्थशास्त्र में हिंसा का कोई स्थान नहीं है। वे एक अहिंसक समाज चाहते हैं। गांधी भली-भांति जानते थे कि आर्थिक समाज के कल्याण से विमुख रहने वाला अर्थशास्त्र और कतार में खड़े व्यक्ति को नीति गत निर्णयों में शामिल न करने वाल अर्थशास्त्र कभी का मानवीय नहीं हो सकता। ये एक प्रकार का अनर्थशास्त्र है। क्या? अनर्थशास्त्र के इस हिंसक चक्र को गांधी के दृष्टिकोण से समझा जा सकता है। इसका उत्तर हमें विनोबा और जयप्रकाश नारायण देते हैं। 1962 की बात है ग्राम स्वराज की गांधी की संकल्पना को साकार बनाने के लिए जयप्रकाश नारायण ने हिंदुस्तान टाइम्स में एक लेख लिखा और उन्होंने कहा कि गांधी के आर्थिक और राजनीतिक विकेंद्रीकरण के स्वप्न को पूरा करने के लिए पंचायती राज संस्थाएं आवश्यक है किंतु इस रूप में नहीं उन्होंने कहा कि पंचायती राज दलीय लोकतंत्र का संसदीय रूप नहीं हो सकता। यदि ऐसा हुआ तो गांव में भी हिंसा फैलेगी। उन्होंने राजनीतिक दलों को पंचायतों से दूर रहने का सुझाव दिया था। वर्ष 2014 में उच्चतम न्यायालय ने अपने निर्णय में भारत में पंचायती चुनाव में होने वाली हिंसा को गंभीरता से समझाया है। ये एक प्रकार से छद्मम विकेंद्रीकरण है।

इस छद्म विकेंद्रीकरण से गांधी के आर्थिक दर्शन को ही नुकसान है। इस बात से गांधी की प्रासंगिकता और सिद्ध हो जाती है जो कि हमें उनकी रचना हिंद स्वराज के अलावा उनके अन्य कालजयी लेखों जैसे कि उनके पत्र-पत्रिकाओं नवजीवन, यंग इंडिया, हरिजन और इंडियन ओपिनियन में मिलती है। गांधी के अर्थशास्त्र की प्रासंगिकता के ऊपर एक बहुत अच्छा शोध बी एन घोष ने अपनी पुस्तक 'गांधियन पॉलीटिकल इकोनामी' में किया है, जहां उन्होंने मलेशिया की अर्थव्यवस्था के संदर्भ में गांधी की असमानताओं की दृष्टि की गणितीय आधार पर परिकल्पना बनाकर परीक्षण किया है। यह सोच अपने आप में एक नवीनता लिए हुए हैं। गांधी के अर्थशास्त्र

पर लिखने पढ़ने और चिंतन करने वाले नए शोधार्थियों को इस पुस्तक की कार्यप्रणाली और शोध प्रणाली को अपनाना चाहिए। गांधी के आर्थिक दृष्टिकोण को हमें और नवीनता से समझना होगा। यह बात भी हमें समझनी होगी कि गांधी हो सकता है कई जगह यंत्रों को लेकर, मशीनीकरण को लेकर और समाजवाद को लेकर कुछ गंभीर वैचारिक भूल कर सकते हैं, किंतु इन वैचारिक भूलों पर भी एक वैचारिक विमर्श करना आर्थिक नीति निर्माताओं का कर्तव्य है। जिस प्रकार आर्थिक नीति निर्माताओं द्वारा गांधी के आर्थिक दर्शन को छद्मम रूप में अपनाया गया चाहे वह लोकतांत्रिक तौर पर विकेंद्रीकरण हो, या चाहे वह पंचायती राज हो, चाहे वो ग्रामस्वराज हो, और चाहे वह स्वदेशी हो, गांधी की अधूरी आर्थिक अवधारणाओं को अपनाने से इस देश का ही नुकसान है क्योंकि हमें यह समझना होगा कि गांधी का हर एक आर्थिक दर्शन का आधार एक एकमुखी ना होकर बहुआयामी है और यह बहुआयाम, गांधी के रचनात्मक कार्यक्रमों और उनकी नवभारत के निर्माण की अहिंसक परिकल्पना से भी जुड़ा हुआ है। गांधी की प्रासंगिकता पर यह बात कहते हुए मुझे कोई अतिशयोक्ति नहीं लगती कि वर्तमान संदर्भ में जिस प्रकार असमानताएं वर्ग संघर्ष और और हिंसा बढ़ रही हैं हमें एक बार फिर से उनके चिंतन पर मनन करना होगा, विमर्श करना होगा और उनके कथनों पर एक प्रासंगिक परीक्षण भी करना होगा। गांधी इसलिए नहीं प्रासंगिक है कि वह गांधी थे बल्कि गांधी इसलिए प्रासंगिक हैं क्योंकि उनके विचार दूरदर्शी और एक अहिंसक दृष्टिकोण लिए हुए हैं। एक बिंदु पर आप समझिए कि जिस 'सतत विकास' की अवधारणा पर आज हम विमर्श कर रहे हैं, गांधी ने उस अवधारणा को अपनी पुस्तक हिंद स्वराज में आज से करीब 110 साल पहले ही समझ लिया था और उनका यह बात कि आर्थिक समता ही अहिंसक विकास की कुंजी है आज के संदर्भ में सही साबित हो रही है। बढ़ती हुई हिंसा सामाजिक और आर्थिक सौहार्द के लिए खतरा है। हमें यह भी समझना होगा कि गांधी और गांधीवाद को जिंदा रखने की बजाय उनके विचारों के चिंतन की प्रासंगिकता को जिंदा रखा जाए।

महामारी के दौर में हस्तकलाओं का संरक्षण करना हमारा कर्तव्य है

कोरोना ने हमें एक अवसर दिया है कि हम अपने परम्परागत और हस्तशिल्पों की उपयोगिता को समझें। हस्तशिल्प और ग्राम धारित उद्योगों से जो पूंजी निर्माण होता है, उसका वितरण और परिचालन अपनी ही अर्थवव्यस्था को मजबूती देता है। अब तक ये धारणा बनी हुयी थी कि हस्त कलाओं की मांग भारत के बाजारों में कम और विश्व बाजारों में अधिक है, इसलिए सरकारों ने भी हस्तशिल्प और हथकरघा उद्योगों को निर्यात संवर्धन से जोड़ा। वैश्विक महामारी के बाद सम्भव है कि व्यापार प्रतिबंधों और आर्थिक क्रियाओं में संकुचन के कारण हस्तशिल्प की वैश्विक मांग में कमी आये ऐसे समय में घरेलू क्षेत्र से उसे नैतिक और आर्थिक संबल दोनों मिलना चाहिए। अर्थशास्त्री राधेश्याम तिवारी की एक रिपोर्ट ने ये बात भी बताई थी कि "मंदी, अकाल, और आपदाओं के दौर भी घरेलू हस्तशिल्प उद्योग देश के रोजगार और निर्यात में बहुत बड़ा योगदान देते हैं।" क्योंकि ये ग्राम आधारित हस्तशिल्प उद्योग शूमाकर की "स्माल इज ब्यूटीफुल" की अवधारणा पर चलते है। प्रादेशिक तौर भी भारत के कई राज्यों ने हस्तशिल्प बाजारों को विशाल बंनाने में सराहनीय काम किया, किन्तु वैश्विक भूमंडलीकृत अर्थवव्यस्था से जुड़े होने पर भी हस्तशिल्पकारों को उनके श्रम का वास्तविक मूल्य नहीं मिला।

उत्पादन की तकनीकों की मशीनीकरण होने के कारण, हस्तशिल्प उत्पाद प्रतिस्पर्धाओं का सामना नहीं कर सके और धीरे हस्तकारीगरों का ग्रामीण क्षेत्रों से शहरी क्षेत्रों की और पलायन बढ़ता गया। दूसरा इन हस्तकारों द्वारा उत्पादित वस्तुओं का मूल्य अन्य मशीनीकृत उत्पादों की तुलना में अधिक होता गया। जिससे इनकी मांग पर गहरा असर पड़ा। विदेश व्यापार में अन्य देशों द्वारा डम्पिंग किये जाने के कारण भी हस्तशिल्प बाजार भी कंगाली के दौर में आ गए। ये बात भी सोचनीय है कि घरेलू हस्तशिल्प उद्योगों पर डंपिंग की मार वर्ष 2014 के लोकसभा के चुनावों में प्रमुख मुद्दा था और केंद्र सरकार ने इन्हें बचाने के लिए, विदेश व्यापार नीति में इन उद्योगों के संरक्षण की बात भी

की थी, किन्तु राज्य स्तर पर नीतिगत पहलों की कमी के कारण 4.3 मिलियन से अधिक लोगों के प्रत्यक्ष और अप्रत्यक्ष रूप से रोजगार देने वाले हथकरघा उद्योग हाशिये पर आ गए।

इसके विकास के लिए सरकार ने संवर्धन और विकास कार्यक्रम आरम्भ किये। सरकार ने राष्ट्रीय हथकरघा विकास कार्यक्रम के अंतर्गत जिला स्तर पर कौशल उन्नयन, प्ररियोजना प्रबंधन और डिजाइन विकास के लिए 50 लाख की वित्तीय सहायता देने की घोषणा की। इसके अतिरिक्त शहरी हाट, बुनकर मुद्रा योजना और व्यापक हथकरघा क्लस्तटर विकास योजना की भी शुरुआत की। हस्तशिल्पकारों/बुनकरों को प्रत्यक्ष सुविधाएँ प्रदान करने तथा बिचौलियों को समाप्त करने के लिए 38 शहरी हाट स्वीकृत किये गए। साथ ही 23 ई-कॉमर्स संस्थाओं को हथकरघा उत्पादों की ऑनलाइन बिक्री के लिए अनुबंधित किया गया है। सरकार द्वारा किये गए प्रयास पूर्ति आधारित हैं और नीयत से अच्छे हैं, किन्तु हथकरघा उद्योग मांग की समस्या से न जूझें इसके लिए भी एक समग्र प्रयास की जरूरत है।

नए भारत में गांधी के ग्राम स्वराज और आत्मनिर्भरता के स्वपन को तब तक नहीं पाया जा सकता जब तक जन मानस विदेशी वस्तुओं के प्रदर्शन के प्रभाव से निकलकर देशी वस्तुओं को नहीं अपनाएगें। मध्य प्रदेश के कच्छ जिले की कसीदाकारी, मुरादाबाद के पीतल के बर्तन, फिरोज़ाबाद की चूड़ियां, छत्तीसगढ़ का ढोकरा, कश्मीर की शाल, बरेली के इत्र, कांजीवरम की साड़ियां, पीपरी के कागज और असम का मूंगा शिल्क जब फिर से लोगों के हृदयों में स्थान बनायेगें तो देश की आर्थिक और नैतिक प्रगति दोनों ही होगी। देश के पूंजी का देश से बाहर बहिर्गमन कम होगा और साथ ही साथ कम होगी विदेशी पूंजी पर निर्भरता। ये ही आत्म निर्भर भारत की प्रथम सीढ़ी है क्योंकि कहा जाता है कि विश्व की सम्पूर्ण शक्तियों के विनाश पर भी जो एक हुनर बचा रहा सकता है वो है ''हस्त कला विज्ञान''। ये हस्तकला विज्ञान तो भारत की अमूल्य सांस्कृतिक और राष्ट्रीय धरोहर है। क्या इसे बचाना हमारा कर्तव्य नहीं?

लोकतंत्र की हत्या का खुला षडयंत्र है संसद में प्रश्नकाल का स्थगन

प्रसिद्धि राजनीतिक विश्लेषक चंद्रप्रकाश भावरी ने अपनी पुस्तक "भारत में लोकतंत्र" में विकास और लोकतंत्र के बीच गहरे अंतर संबंधों को परिभाषित करते हुए लिखा था कि, एक लोक कल्याणकारी राज्य में विकास का प्रथम घटक लोकतांत्रिक तरीके से संसद में विमर्श करना है। आजादी के पश्चात देश में जितनी भी सरकारें रहीं उन्होंने इस लोकतांत्रिक विमर्श की प्रक्रिया का सदैव ही सम्मान किया है और विपक्ष की आलोचनाओं को विकास नीतियों में स्थान दिया। यह एक स्वतंत्र और स्वस्थ्य लोकतंत्र का सूचक था। किंतु वर्तमान मोदी सरकार अलोकतांत्रिक नीतिगत निर्णय लेना चाहती है और वो भी बिना संसदीय विमर्श के। बिना संसदीय बहसों के किए गए निर्णय प्रकृति से अलोकतांत्रिक और विघटनकारी है। इसका एक उदाहरण कोरोना महामारी की आड़ में संसद को प्रश्नकाल से मुक्त करना भी है। प्रश्नकाल का यह स्थगन सरकार की लोकतांत्रिक तानाशाही को ही दिखाता है। कांग्रेस मुक्त भारत का नारा देकर आने वाली मोदी सरकार महामारी की आड़ में संवैधानिक परंपराओं का उल्लंघन कर रही है। ये स्थिति और विकराल हो जाती है जबकि देश की मुख्यधारा का प्रिंट और इलेक्ट्रॉनिक मीडिया सार्वजनिक हित के मुद्दों शिक्षा, रोजगार और महामारी के कारण हुई असुरक्षा के बजाय सरकार की झूठी उपलब्धियों का पाखंड पूर्ण प्रदर्शन करें।

सरकार द्वारा प्रश्नकाल स्थगन करने का विरोध स्वयं उपराष्ट्रपति वेंकैया नायडू और नेता प्रतिपक्ष गुलाम नबी आजाद कर चुके हैं। सवाल उठाने का अधिकार जन प्रतिनिधियों से छीनना एक प्रकार से सरकार की वैचारिक तानाशाही है। देश की खस्ताहाल आर्थिक हालात स्वयं सरकार भी अनभिज्ञ नहीं है। किंतु कांग्रेस मुक्त भारत के साथ-साथ विपक्ष विहीन और सवाल विहीन संसद देश पर थोपने का मकसद जनहित के मुद्दों पर जनता के सवालों से मुंह चुराना है। एक तरफ सरकार जहां बड़े-बड़े उपक्रमों का निजीकरण बिना किसी ठोस आर्थिक आधार पर किए जा रही है तो वहीं दूसरी और महामारी के

कारण सामाजिक-आर्थिक व्यवस्था भी चरमरा गई है। बेरोजगारी आर्थिक असुरक्षा अपने चरम पर है, किंतु सरकार भावनात्मक मुद्दों और धार्मिक ध्रुवीकरण को हवा देकर देश को बहुत गहरे संकट में डाल रही है। अब ऐसे में आत्मनिर्भर भारत की बात करना राजनीतिक पाखंड के अलावा कुछ भी नहीं है। विपक्ष और जनप्रतिनिधियों के सवाल से डरी हुई सरकार से और उम्मीद भी क्या की जा सकती है? प्रश्नकाल स्थगन केवल संसदीय परंपरा का ही नहीं बल्कि संवैधानिक लोकतंत्र का भी अपमान है जनप्रतिनिधियों द्वारा संसद में बहस करना उनका मूल अधिकार है और उनके चुभते हुए सवाल सरकार को दिशा देने का कार्य करते हैं। किंतु भाजपा के नेता इसे फर्जी विमर्श कहकर इन चुभते सवालों से बिना सामना किए भाग जाना चाहते हैं। कटु शब्दों में कहें तो सवालों से भागने की यह परंपरा लोकतंत्र की हत्या के षड्यंत्र का खुला कदम दिखता है। इस खुले षड्यंत्र का विरोध हो भी तो कैसे हो? क्योंकि विरोध के स्वर दबाने के लिए ही तो प्रश्नकाल समाप्त किया जा रहा है। अतएव दलगत राजनीति से ऊपर उठकर विपक्षी दल के सभी जनप्रतिनिधियों को एकजुट होकर एक जन क्रांति करनी होगी और जनता को यह समझना होगा कि जनप्रतिनिधियों की आवाज दबाना वास्तव में जनता की आवाज दबाना है। आशा है कि विपक्षी दल राजनीतिक विद्वेष से ऊपर उठकर एकजुटता दिखाते हुए संसदीय बहस की प्रश्न काल की गरिमा को बचा पाने में सफल होंगे।

भारत में सार्वजनिक विमर्श में स्वास्थ्य

वर्ष 2013 में महान अर्थशास्त्री अमर्त्य सेन और जीन द्रेज ने अपनी पुस्तक 'अनसर्टेन ग्लोरी' में यह तर्क दिया था, कि भारत में खराब स्वास्थ्य सेवाओं का एक कारण यह भी है कि भारत का मुख्यधारा का मीडिया इन विषयों पर विमर्श नहीं करता है। न केवल पत्रकारिता और प्रिंट मैगजीन में स्वास्थ्य संबंधी सार्वजनिक विषयों की कमी दिखाई देती है। अपितु देश की संसद में भी इस ओर उदासीनता दिखाई देती है। संसद के प्रश्नों का विश्लेषण करने पर यह पाया गया कि मात्र 3% प्रश्न ही देश की स्वास्थ्य सेवाओं के संबंध में पूछे गए। यह आंकड़ा यह दर्शाता है, कि लोकतांत्रिक प्रक्रिया में भारत मे स्वास्थ्य कितना उदासीन विषय है। यही कारण है कि जहां सरकारों को कम से कम 3 से 4% राष्ट्रीय आय का हिस्सा स्वास्थ्य सेवाओं पर खर्च करना चाहिए किंतु यह आंकड़ा मात्र 1% है। जबकि चीन में यह आंकड़ा 2-7%, यूरोपियन क्षेत्र में 8% लैटिन अमेरिका देशों में 3-8% है। भारत में खराब स्वास्थ्य सेवाओं का एक उदाहरण चिकित्सक-रोगी अनुपात के तौर पर भी देखा जा सकता है। विश्व संगठनों के आंकड़ों के अनुसार भारत मे प्रति हजार व्यक्तियों पर 0-53 अस्पताल के बिस्तर हैं, और प्रति 1457 लोगों पर एक चिकित्सक हैं। जबकि विश्व मानक कहते हैं कि प्रति हजार लोगों पर एक चिकित्सक होना अच्छे स्वास्थ्य ढांचे का सूचक है। राज्यवार विशेषण पर यह आंकड़े और भयावह हो जाते हैं। बिहार, उत्तर प्रदेश और मध्य प्रदेश में यह अनुपात राष्ट्रीय स्तर से भी कम है। स्थिति तो यह है कि कोरोना वैश्विक महामारी के दौर में भी बिहार में 1000 व्यक्ति पर 0-1 बिस्तर ही हैं। राज्यों के बीच यह विषमता भारत के जर्जर स्वास्थ्य ढांचे की ओर इशारा करती है। खराब ढांचागत स्वास्थ्य सेवाओं के कारण सरकारी अस्पतालों पर अतिरिक्त बोझ बढ़ जाता है। इस कारण बहुत से समाज विज्ञानी स्वास्थ्य बाजार को निजी क्षेत्र के लिए और उदार बनाने की बात करते हैं। क्योंकि स्वास्थ्य एक वैश्विक सार्वजनिक वस्तु हैं, इसलिये निजीकरण करने से और अनियमितताएं फैलेंगी। गरीबी और कुपोषण के दुष्चक्र में फसे अल्पविकसित देश मुक्त बाजार व्यवस्था सेवाओं के चलते और पिछड़ जाएंगे। अतैव निजीकरण

इसका हल नहीं है। यह एक संतोषजनक और आकर्षक बात लगती है कि भारत ने अपने 74 वें स्वंतन्त्रता दिवस पर राष्ट्रीय डिजिटल स्वास्थ्य मिशन की शुरुआत की है। ताकि स्वास्थ्य सेवाओं को राष्ट्र की एक बड़ी आबादी तक बिना किसी बाधा के पहुंचाया जा सके। प्रधानमंत्री मोदी तकनीकी के माध्यम से स्वास्थ्य सेवाओं को समाज के सबसे अंतिम वर्ग तक पहुंचाने के इस कदम को लाल किले की प्राचीर से क्रांतिकारी कह तो देते हैं, किंतु शायद वे भारत की चरमराती स्वास्थ्य व्यवस्था के आंकड़ों की सच्चाई से परिचित नहीं है। जबकि लोकसभा में 20 मार्च 2020 को ही सरकार ने यह स्वीकारा है, कि स्वास्थ्य सेवाओं में भारत विश्व स्वास्थ्य संख्यिकी 2019 की रिपोर्ट के अनुसार सतत विकास लक्ष्यों को प्राप्त करने में बहुत दूर है। रिपोर्ट के आंकड़ों को सरकार ने संसद में स्वीकार किया है कि स्वास्थ्य क्षेत्र में असामान्यता, सुरक्षित पेयजल की अनुपलब्धता, और गरीबों का अत्यधिक स्वास्थ्य खर्च गंभीर मसले हैं। इसलिए स्वास्थ्य सेवाओं को उत्तम बनाने के लिए पहले से लागू नीतियों और इस डिजिटल मिशन के बीच एक समन्वयकारी सेतु बनाना आसान नहीं दिखता क्योंकि पेशेवर स्तर पर भी भारत में स्वास्थ्य विशेषज्ञों की भारी कमी है।

प्रधानमंत्री जन आरोग्य योजना, प्रधानमंत्री जन स्वास्थ्य बीमा योजना अच्छे प्रयास हैं किंतु इस मिशन के साथ इन प्रयासों का प्रतिफल तब तक नहीं मिलेगा जब तक सरकार अपने सकल राष्ट्रीय उत्पाद का कम से कम 4% स्वास्थ्य सेवाओं पर निवेश ना करें। नीतिगत आधार में सरकार को संसद में इन विषयों पर अधिक से अधिक प्रश्न शामिल करने चाहिए तथा विमर्श करना चाहिए किंतु जहां राजनीतिक दलों के एजेंडों में कोरा राष्ट्रवाद और छद्म धर्मनिरपेक्षवाद हावी हो वहां सामाजिक मुद्दों पर ध्यान कौन देगा? एक लोकतांत्रिक तर्कशीलता के आधार पर जन-सामान्य को ही सरकार को दबाव बनाना पड़ेगा कि वह इन पर बहस करें। स्वास्थ्य पर मीडिया और संसद में तर्कशील विमर्श ही पहला नीतिगत कदम होना चाहिए।

व्यवस्थाओं की जटिलता से बचाना होगा राष्ट्रीय रोजगार एंजेसी को

अगर आप रोजगार तलाश रहे, बेरोजगार युवाओं से पूछिये कि “भारत की रोजगार प्रणाली का सबसे बड़ा दंश क्या है? तो आपको सभी से एक ही समान उत्तर मिलेगा और वो है” अपारदर्शी परीक्षाओं की जटिल कार्यव्यवस्था और ये जटिल व्यवस्था रोजगार की अधिसूचना से लेकर परीक्षा के दीर्घकालीन अविलम्ब परिणाम तक चलती रहती है। धीरे-धीरे ये जटिल व्यवस्था कुव्यवस्था में परिवर्तित हो जाती है। अंत में रोजगार तलाश रहे, करोड़ों युवाओं का मनोबल टूट जाता है। इसके परिणाम स्वरूप समाज में हताशा और निराशा चरम पर होती है। एक सम्मानजनक रोजगार भारत के युवाओं के लिए केवल आजीविका का ही नहीं अपितु सामाजिक संम्मान और प्रतिष्ठा का भी प्रश्न है ! और जब उन्हें इस प्रश्न का उत्तर नहीं मिल जाता वे इस जटिल कार्यव्यवस्था के कुप्रबंधन की भेंट चढ़ते रहेगें। इसका विकल्प तलाशना फिर सरकार और राज्य की नैतिक जिम्मेदारी बनती है। आप शिक्षित युवाओं को रोजगार का अधिकार न सही कम से कम “सम्मान जनक पारदर्शी रोजगार तलाशना का अधिकार तो दें”। जिसका आधार योग्यता के लिए स्वस्थ प्रतियोगिता हो। केंद्र सरकार द्वारा हाल ही में राष्ट्रीय रोजगार एक ऐसा ही कदम है। इसकी सार्थकता तो अच्छी प्रतीत होती है। लेकिन क्या इससे रोजगार तलाश रहे यवाओं को आर्थिक एवं सामाजिक दृष्टि से लाभ मिलेगा। आइये विश्लेषण करते हैं।

कोविड महामारी के दौर एक ओर जहाँ सरकारी और निजी क्षेत्र बढ़ती लागत का सामना कर रहे हैं और वहीं दूसरी और रोजगार तलाशने वाले बेरोजगार युवाओं की जेबें भी खाली हैं, ऐसे समय में राष्ट्रीय रोजगार एजेंसी एक सराहनीय पहल है। जहाँ दोनों तरफ से परीक्षाओं में होने वाले अनावश्यक व्यय पर लगाम लगेगी। वही अवसर की समानता की दृष्टि से भी इस एजेंसी के आने से शहरी और ग्रामीण क्षेत्रों के बीच का भेद मिटाएगा। यह एंजेसी चयन प्रक्रिया को पारदर्शी बनाएगी। नियोक्ता और नौकरी चाहने वाले युवा दोनों समान रूप से ही

लाभान्वित होंगे जनांकिकीय लाभ वाले देश भारत के युवाओं को सम्मानजनक रोजगार प्रदान करने की दिशा में राष्ट्रीय रोजगार एजेंसी एक क्रन्तिकारी कदम है। अभी तक विभिन्न विभाग अलग दृअलग तरीकों से अभ्यर्थियों का चयन करते थे। किन्तु इसमें अधिक समय लग जाता था। जिससे अभ्यर्थियों का अधिक समय परीक्षा के परिणाम घोषित होने तक उसकी प्रतीक्षा में व्यतीत हो जाता था। राष्ट्रीय रोजगार एजेंसी के तहत परीक्षा को कम से कम समय में अभ्यर्थियों का चयन, अभ्यर्थियों का समय बचाएगा। जिससे अभ्यर्थी आत्मनिर्भर बनने के लिए रोजगार के अन्य अवसरों की ओर भी अग्रसर होंगे। ये एक प्रकार से अवसर और पारदर्शिता के दोहरे लाभ का संकेत है राष्ट्रीय रोजगार एजेंसी की कारगरता इसी बात से स्पष्ट है कि जहां इसके द्वारा बेरोजगार युवाओं को आवंटित परीक्षा के खर्चों से मुक्ति मिलेगी तो वहीं दूसरी ओर अभ्यर्थियों को विभिन्न विभागों में एक ही परीक्षा के माध्यम से प्रवेश करने के समान अवसर मिलेंगे और चयन प्रक्रिया भी पुरानी प्रक्रियाओं की तुलना में पारदर्शी होगी। अन्य भाषाओं में भी यह परीक्षा आयोजित होने के कारण भाषा के आधार पर भेदभाव नहीं होगा। निश्चित ही ये एक नई पहल है किन्तु इसकी पारदर्शिता और अवसर की समानता को व्यवस्थाओं की जटिलता की भेंट चढ़ने से बचाना होगा।

किन्तु इसके क्रियान्वयन के लिए राज्य स्तर पर व्याप्त विषमताओं और विचलनों को दूर करना आवश्यक है। अगर रोजगार सृजन की प्रकिया धीमी है तो भी इसका कोई खास असर देखने को नहीं मिलेगा। श्रम बाजार की मांग और पूर्ति के बीच असंतुलन भी इसकी कारगरता में रोड़ा अटका सकता है। कुशल शिक्षित और तकनीकी कामगारों को इससे लाभ नहीं मिल पायेगा, जबकि सरकार एकाधिरात्मक पूंजीवाद को बढ़ावा दे। निजी क्षेत्रों को सरकारी क्षेत्रों से समन्वय बनाकर चलने में ही इसकी महत्ता सिद्ध होगी। अगर ऐसा नहीं हो पाया तो अन्य सरकारी नीतियों और विचार की तरह ये भी व्यवस्थाओं की जटिलता का ग्रास बन जाएगा।

आर्थिक मंदी का हल लोहिया का समाजवादी अर्थशास्त्र है

आज से करीब 5 वर्ष पहले क्या कोई अर्थ विज्ञानी कल्पना भी कर सकता था कि दुनिया की सबसे तेज विकसित होने वाली भारतीय अर्थव्यवस्था में इतनी तेजी से गिरावट आ जाएगी। कोरोनावायरस ने भारतीय अर्थव्यवस्था के समक्ष वृहद सँरचनात्मक प्रश्न खड़े कर दिए हैं। नीति आयोग जो पिछले कुछ वर्षों में 8% की वृद्धि की संभावनाओं का बात कर रहा था, अब 4% पर सीमित है। आर्थिक उदारीकरण और 2008 की वैश्विक मंदी के बाद ये भारतीय अर्थव्यवस्था का सबसे बुरा दौर है। इस घटती हुई आर्थिक वृद्धि दर से प्रति व्यक्ति आय और प्रति व्यक्ति उपभोग में भी कमी आएगी। किन्तु इस घटती हुई दर के दुष्परिणाम यहीं नहीं रुकेंगे। इसका एक परिणाम आर्थिक और सामाजिक असमानता के रूप में भी आएगा। ये असमानताऐं हिंसक वर्ग संघर्ष और हिंसक आंदोलनों को जन्म देंगी। इस मंदी जनित असमानता का सबसे बुरा असर भारत के संघीय समाजवादी ढांचे पर पड़ेगा। जहां एक और कुछ राज्य विशेष अपने ही राज्य के नागरिकों के लिए आर्थिक एवं सरकारी संसाधनों का पर आरक्षण की बात करेंगे और लोकतांत्रिक संघवाद के ढांचे पर खतरा पैदा करेंगे। भारत की आयोजन की आत्मा जो समाजवाद से प्रभावित थी, इस मन्दी जनिता असमानता से पीड़ित होती हुई दिखाई देगी। अभी तक अर्थव्यवस्था ने केवल टपकन के सिद्धांत से जन्मी वृद्धि जनित असमानता और दूसरे शब्दों में कहें, क्रूर वृद्धि ही देखी थी किंतु यह मंदी से उपजी हुई आर्थिक असमानता उच्च कोटि की मुद्रा स्फीति की दर और भयावह बेरोजगारी के साथ आएगी। क्या आर्थिक नीति निर्माताओं के पास क्रूर और हिसंक असमानता के लिए कोई नीति है। और क्या वे इसके द्वारा भविष्य में होने वाले हिंसक आंदोलनों के लिए तैयार हैं? इसका उत्तर भी नहीं है। कारण स्पष्ट है कि महामारी ने सरकारी तंत्र से व्याधियों से निपटने के लिए संसाधन सीमित कर दिए हैं। अब संसाधनों की सीमितता का बहाना लेकर सरकारें कल्याणकारी योजनाओं के व्ययों में भारी कटौती करेंगी। जिसके परिणाम

स्वरूप मंदी की स्थिति और भयावह हो जाएगी इस भयावह स्थिति का लाभ आप केवल एकाधिकारी पूंजीपतियों को मिलेगा, धन का संकेन्द्रण बढ़ेगा और देश की रीढ़ कहे जाने वाले असंगठित क्षेत्र के छोटे और लघु उद्योग तबाही के कगार पर आ जाएंगे। दूसरे शब्दों में कहूं तो एक तरफ जहां ये मन्दी, आर्थिक बेरोजगारी लाएगी और दूसरी ओर एक ऐसा हिंसक चक्र तैयार करेगी जहां राष्ट्र के संसाधनों का अधिकतर हिस्सा बड़े धनिकों के पास रहेगा। आपदा में अवसर का लाभ भी बड़े पूंजीपति उठाएंगे। सरकारें पूंजी निर्माण के लिए निजीकरण का मार्ग चुनेंगी। ये एक प्रकार का दोस्ताना पूंजीवाद बनेगा, जिसका चेहरा मानवीय तो कतई नहीं होगा। क्या इस मंदी जनित आर्थिक असमानता और अमानवीय दोस्ताना पूंजीवाद का कोई हल नहीं है?

उत्तर तलाशने के लिए हमें महान समाजवादी चिंतक और राजनेता लोहिया की एक बात याद रखनी चाहिए समता और समृद्धि यानि समाजवाद गरीबी के समान बंटवारे का नाम समाजवाद नहीं है। बल्कि समृद्धि के समान वितरण का नाम समाजवाद है। बिना समाजवाद के समृद्धि असंभव है और बिना समृद्धि के समता व्यर्थ है। अतएव अर्थविज्ञानियों के लिए यह आवश्यक होगा कि वे इस हिंसक असमानता से निकलने के लिए समाजवादी आर्थिक सिद्धांतों को ही अपनाएं। कहीं ऐसा ना हो कि यह मंदी हिंसा का वह दौर ले आए जहां लोहिया की भविष्यवाणी सच साबित हो जिसमें उन्होंने कहा था कि "भूखी सरकारी जनता कातिल बन जाती है और उसका हाथ प्रधानमंत्री की गर्दन तक पहुंच जाता है" न केवल संसाधनों और राष्ट्रीय आय के वितरण में असमानता आएगी अपितु भूख और गरीबी से भी इस असमानता को बल मिलेगा। लोहिया ने एक बार संसद में कहा था और जनता से आवाहन किया था कि "भूख से मरने से पहले मंत्रियों और अधिकारियों के घर पहुंचे उनसे कहो कि पहले हमें खिलाएं और बाद में खुद खाएं और नहीं तो क्रांति करें"। दूरदर्शी अर्थशास्त्रियों को नए सिरे से समाजवादी आर्थिक सूत्र करने होंगे। किंतु बाजारवादी ताकतों को शरण देने वाली सरकार इसके उलट ही काम करेंगी और असमानता का या दुष्चक्र एक चक्रव्यूह में बदल जाएगा। जिससे निकलना सरकार के लिए संभव नहीं होगा। राजनीतिक

लोलुपता के लिए बड़े-बड़े खोखले वादे जरूर किए जाएंगे और उनका कोई ठोस सामाजिक या आर्थिक समाजवादी आधार नहीं होगा। झूठा आर्थिक और राजनीतिक राष्ट्रवाद दोस्ताना पूंजीवाद या क्रोनी कैपिटलिज्म को बढ़ावा देगा और सरकार जो अपने नागरिकों को अंग्रेजी के वी 'ट' अक्षर का नया आशावाद दिखा रही है, जिसमें तेजी से आर्थिक वृद्धि की बात का भ्रम पैदा किया जा रहा है एक अकल्पनीय धारणा ही लगती है। अकल्पनीय धारणा में समाजवादी लोकतंत्र और समाजवादी अर्थशास्त्र के सिद्धांतों को ही नुकसान होगा। महामारी से उपजी इस आर्थिक मन्दी की दवा समाजवादी सिद्धांत हैं। किंतु मन्दी से खतरा भी समाजवाद को ही है। क्या हम इसके लिए तैयार हैं?

नई शिक्षा नीति और संरचनात्मक सुधार

लगभग 34 वर्षों के अंतराल के पश्चात् भारत सरकार ने नई शिक्षा नीति प्रस्तावित की है इस नई शिक्षा नीति में शिक्षा व्यवस्था को लेकर कई व्यापक परिवर्तन किये गये है। राजनीतिक और शैक्षिक संदर्भों में कई विचारक इसे सुधारवादी नीति भी मानते है। एक समावेशी लोकतंत्र में उत्कृष्ट शिक्षा नीति क्योंकि एक समावेशी आर्थिक विकास का मार्ग प्रशस्त करती है और विभिन्न पहलुओं पर आलोचनात्मक विवेचन करती है।

किसी भी अन्य सार्वजनिक नीतियों की तरह नई शिक्षा नीति भी नीति निर्माण की पांच प्रक्रियाओं से गुजर के आती है, क्योंकि शिक्षा नीति का उद्देश्य लोक कल्याण होता है इसलिए इसे मौलिक नीतियों की वर्ग श्रेणी में रखा की जाता है। वर्तमान समय में लागू की गई शिक्षा नीति सार्वजनिक नीति निर्माण की चरणबद्ध प्रक्रिया को अपनाकर बनाई गई है। इस प्रक्रिया में विभिन्न स्तरों के हित धारकों और सुधारकों की आलोचनाओं को भी स्थान दिया गया है। वर्तमान सरकार ने अपने चुनावी घोषणा पत्र में कई शैक्षिक संबंधी विषयों को स्थान दिया है। जहां तक इस नीति में नवीनता का प्रश्न है इन बिंदुओं को स्थान दिया गया है जैसे कि संरचनात्मक सुधार, बहुभाषावाद, समावेशी लोकतंत्र, नैतिक दृष्टिकोण, शैक्षिक स्वतंत्रता, संस्थानों की भूमिका, अधिगम, पठन-पाठन, आर्थिक प्रभाव नवाचार, अंतरविषयक और बहुविषयकशोध और अनुवाद, निष्पादन और मूल्यांकनको प्राथमिकता दी गई है। इसका अर्थ यह है कि नई शिक्षा नीति की एक तरफ जो विद्यार्थी के सर्वांगीण विकास की अवधारणा पर बल देती है और दूसरी ओर प्राथमिक माध्यमिक और उच्च शिक्षा में संरचनात्मक सुधारों की वकालत करती है। कोठारी आयोग की कुछ सिफारिशों को इसमें स्थान दिया गया है। जिसके हमें दीर्घकाल में अच्छे परिणाम भी दिखाई दे सकते हैं। शिक्षा के प्रशासन, बुनियादी ज्ञान के विकेंद्रीकरण और इसके परिचालन को भी सरल और पारदर्शी बनाया गया है। शिक्षकों की नियुक्ति प्रक्रिया भी एक तरह से लचीली कर दी गई है। इससे शिक्षकों को पठन-पाठन में अकादमी स्वतंत्रता मिलेगी।

नई शिक्षा नीति का सबसे प्रभावशाली और आकर्षक बिंदु बहुभाषावाद है। जिसमें विद्यार्थियों को प्राथमिकस्तर पर उनकी मातृभाषा और स्थानीय क्षेत्रीय भाषा में सीखने के लिए बल दिया गया है। प्राथमिक स्तर पर मातृभाषा में सीखने से विद्यार्थियों की रचनात्मकता और विषय को व्यवहारिक तौर पर समझने में सहायता मिलेगी। अच्छी बात यह है कि ना किसी भाषा का विरोध है और ना ही किसी भाषा का प्रदर्शन प्रभाव। उच्च शिक्षा में भी वैश्विक स्तर के साहित्य का क्षेत्रीय भाषा में अनुवाद को बढ़ावा देना भी एक क्रांतिकारी प्रयास है किंतु भाषा के इस अर्थशास्त्र में विकेंद्रीकरण का अभाव भी दृष्टिगत होता है। बिना ग्राम विश्वविद्यालयों की स्थापना और ज्ञान के विकेंद्रीकरण की भाषाओं के संरक्षण और उसके माध्यम से नवीन ज्ञान का सृजन करना कठिन कार्य है। इससे नीति के अनुपालन में भी कुछ बाधाएं आ सकती हैं फिर भी पिछली शिक्षा नीति की तुलना में इस शिक्षा नीति में भाषाओं के संरक्षण जोर देना प्रशंसनीय है।

नई शिक्षा नीति में पाठ्यक्रम की विषय वस्तु को लचीला बनाने की बात की गई है, जो कि स्वदेशी, स्वतंत्रता देश प्रेम की भावनाओं से ओतप्रोत है। पाठ्यक्रम निर्माण में अकादमी वर्ग को एकता अखंडता जैसे विषयों को समान विज्ञान से संबंध करने को कहा गया है। शिक्षा मंत्री रमेश पोखरियाल निशंक द्वारा इस बात पर बल देना कि ''विश्वविद्यालयों द्वारा डिग्री कॉलेजों को कुकुरमुत्तों तरह मान्यता नहीं दी जाएगी''। इससे ग्रामीण और शहरी क्षेत्रों में खुले शहरी शैक्षिक माफियाओं के डिग्री कॉलेजों पर रोक लगेगी और उच्च शिक्षा में भ्रष्टाचार कम होगा। यह प्रयास रहेगा कि उत्कृष्ट प्रदर्शन करने वाले कालेजों को स्वायत्तता दी जाए। इस बात का प्रावधान भी नई शिक्षा नीति में किया गया है।

नई शिक्षा नीति में अंतर विषयक और बहु-विषयक पद्धति को बढ़ावा देने से मानविकी और विज्ञान विषयों का अंतर भी कम होगा विद्यार्थियों के द्वारा दुर्भाग्यवश पढ़ाई छोड़ने पर प्रतिवर्ष के हिसाब से डिग्री डिप्लोमा या इंटर्नशिप प्रदान करने से उनके बहुमूल्य समय को खराब होने से बचाएगा साथ ही साथ एक प्रकार के होने वाले भेदभाव का उन्मूलन भी होगा। प्रशंसा की बात यह है कि नई शिक्षा नीति में निजी और सार्वजनिक

दोनों संस्थानों के लिए सामान नियमावली का प्रधान प्रावधान है। विदेशी विश्वविद्यालयों के आने से भी प्रतियोगिता और नवाचार की भावना को बल मिलेगा और हमारे विश्वविद्यालयों जो कि वैश्विक स्तर पर बहुत पिछड़े हुए हैं उन्हें भी नए शोध की प्रेरणा मिलेगी। नई शिक्षा नीति में क्रेडिट ट्रांसफर और विद्यार्थियों का स्वयं मूल्यांकन करना भी एक सराहनीय प्रयास है। जिससे रट्टा मार शिक्षा प्रणाली और सैद्धांतिक ज्ञान के और मूल्यांकन की कमी दूर की जा सकेगी ग्रेडिंग सिस्टम को भी सरल बनाया गया है।

व्यवहारिक शिक्षा और रोजगार परक शिक्षा की दृष्टि से भी नई शिक्षा नीति नवाचारी है। किन्तु ये नवाचार की सार्थकता तब तक सिद्ध नहीं होगी जब तक समाज में श्रम की महत्ता और स्वाभिमान की रक्षा न हो। भारतीय समाज में महात्मा गांधी की इस अवधारणा को बल मिलना चाहिए कि सभी काम समान हैं और जितना मूलयवान एक वकील का बौद्धिक श्रम है उतना ही मूल्यवान एक मजदूर का शारीरिक श्रम है। नई शिक्षा नीति में इंटर्नशिप और व्यवहारिक प्रशिक्षण की बात को इसी संदर्भ में रखना चाहिए। ये एक प्रकार की अहिंसक सोच है। ट्रेनिंग और इंटर्नशिप के विचार को गाँधी के नई तालीम से जोड़कर इसके उद्देश्यों को सहज रूप में प्राप्त किया जा सकता है।

वर्ण आधारित शोषणकारी अर्थव्यवस्था का ही नया रूप है निजीकरण

वर्ष 2003 में जब केंद्र में अटल बिहारी बाजपेयी की सरकार थी, तब उनकी निजीकरण की नीति को लेकर प्रसिद्ध सामाजिक और दलित चिंतक कंवल भारती ने "गरीबी और भुखमरी के अर्थशास्त्र" के शीर्षक से एक लेख था। यह लेख तत्कालीन सरकार की निजीकरण की नीति और डॉ अम्बेडकर के इस परिप्रेक्ष्य में उनके विचार को बहुत ही सारगर्भित रूप में प्रस्तुत करता है। इस लेख के कुछ विचार वर्तमान सरकार की निजीकरण पर भी लागू होते हैं। कंवल भारती की पुस्तक "**जाति धर्म और राष्ट्र**" के उस लेख के विचारों को ही यह लेख नए सिरे से देखने का प्रयास मात्र है। कंवल भारती तर्क देते हैं कि निजीकरण की अर्थव्यवस्था के बहुत सारे तत्व वर्णव्यवस्था में पहले से मौजूद हैं और हिन्दू हिंसक अर्थव्यवस्था इसी वर्णव्यवस्था पर आधारित हैं। यह तर्क एकदम सही प्रतीत होता है क्योंकि जहां एक ओर निजीकरण आर्थिक संसाधनों पर एक वर्ण विशेष का एकाधिकार स्थापित होगा तो वहीं दूसरी ओर एक वर्ग विशेष को इन संसाधनों से वंचित कर देगा। निजीकरण से समाज में आर्थिक विषमताएं बढ़ेंगी और बाद में यही आर्थिक विषमताएं सामाजिक विभेद और को भी अधिक बलवान करेंगी। कहने का अर्थ यह है कि, निजीकरण की नीति भारतीय अर्थव्यवस्था में पहले से मौजूद जाति आधारित आर्थिक विषमताओं और बढ़ायेंगी। इसके पीछे एक बहुत बड़ा छिपा हुआ उद्देश्य है। ये छिपा हुआ एजेंडा ब्राह्णवादी मनु स्मृति के समाज की रचना से जुड़ा हुआ है। वास्तव में यह निजीकरण की नीति ब्राह्मणवादी हिंदू हिंसक आर्थिक ढांचे को मजबूत करेगी, जिसका अर्थ यह है कि आत्मनिर्भरता के नाम पर समाज के निम्न वर्ग के और पिछड़े वर्ग को पिछड़ा ही रहने दिया जाए। प्रश्न नौकरियों के सरकारी रोजगार का नहीं! प्रश्न वर्ण आधारित स्वरोजगार की कोरी अवधारणाओं को बल प्रदान करने का है। जो अमीर हैं, साधन सम्पन्न हैं, वे सभी संसाधनों पर स्वामित्व स्थापित कर लेंगे और खेतिहर मजदूर, कामगार श्रमिकों की आने वाली पीढ़ियां स्वरोजगार के मायाजाल में पडकर उच्च शिक्षा से वंचित रह जाएंगी।

सरकारी तंत्र में रोजगार की आशा, निम्न व पिछड़े वर्ग को उच्च शिक्षा पाने के लिए उत्प्रेरक का काम करती है। निजी क्षेत्र में यह केवल कुछ हद तक लागू होता है क्योंकि पूंजीपति का अंतिम उद्देश्य श्रम के शोषण से लाभ कमाना है। अब यदि पिछड़े और दलित पढ़ेगें ही नहीं तो बढ़ेंगे कैसे? निजीकरण का सबसे बड़ा नुकसान यही है कि यह आर्थिक तंत्र को कम लेकिन सामाजिक संरचना को बहुत बुरी तरह प्रभावित करेगा। उच्चवर्ग वाले पूजीपतियों के पास श्रमिक अपनी सेवाएं देंगे और शोषित होंगे क्योंकि उसके लिए उसके लिए आजीविका और परिवार का भरण पोषण भी आवश्यक है। सरकारी तंत्र में उच्च पदों पर नियुक्त होने से दलित और पिछड़े को ही समाज में सम्मानजनक रोजगार और धन संचय का अवसर मिलता था किंतु निजीकरण उनके हाथों से ये छीन लेगा और मनुस्मृति और ब्राह्णवादी विचार हावी हो जायेंगे। सरकार मनु स्मृति की ये बात लागू करना चाहती है ''ब्राह्मण की सेवा करते हुए'' यदि शूद्र का जीवन निर्वाह न हो तो वह क्षत्रिय की सेवा करें यदि उससे भी पेट ना भरे तो वह धनवान वैश्य की सेवा करके जीवन निर्वाह करें। इस सेवाकार्य से यदि वह कुछ भी भिन्न करता है तो वह उसके लिए निष्फल होता है। ''निजीकरण के माध्यम से ब्राह्णवादी मनुवादी विचारधारा के पोषक यही करना चाहते हैं।'' वे चाहते हैं कि गरीब केवल निजी क्षेत्र को अपनी सेवा देकर केवल अपनी आजीविका चलाये क्योंकि यही उनका धर्म हैं। एक बात और यहां पर दृष्टिगत है कि कुछ गांधीवादी और लोहिया वादी इससे समाजवाद से जोड़कर देखेंगे और सेवा के साथ सामाजिक समसरता की बात करेंगे। गांधी और लोहिया के समाजवाद के लाख गुणों के बावजूद वर्ण व्यवस्था के संदर्भ में उनकी धारणाएं अम्बेडकरवादी समाजवादी की धारणाओं की तुलना में कमजोर हैं। अंबेडकर का मार्क्सवादी समाजवाद मानता है कि 'सामाजिक समता के बिना सामाजिक व्यर्थ है और सामाजिक समरसता लाने के लिए दलितों और पिछड़ों को सरकारी क्षेत्र में आर्थिक और सामाजिक संसाधनों में एक आनुपातिक प्रतिनिधित्व अत्यंत आवश्यक है, निजीकरण अनुपातिक प्रतिनिधित्व को कम करेगा और असमानता को और मजबूत करेगा।

निजीकरण, पूंजीवादी राजनैतिक अर्थशास्त्र की फांसीवादी व्यवस्था है, जो सांस्कृतिक फासीवाद और बहिष्कृत राष्ट्रवाद

के लिए मार्ग प्रशस्त करती है। करोड़ों गरीबों और पिछड़े में से एक-दो लाख ही लोगों को उच्च शिक्षा का पढ़ने लिखने का अवसर मिलेगा बाकी गरीब को गरीब बनाने की व्यवस्था और शोषण के तंत्र कायम रहे करने की व्यवस्था चलती रहेंगी। इस निजीकरण के विरोध के तर्क अंबेडकर और लोहिया के समाजवादी दर्शन को पढ़ने के बाद दूरदर्शिता से समझे जा सकते हैं। इसका हल दोनों का समाजवाद है, जहां लोहिया, समृद्धि के समान बंटवारे की बात करते हैं, वहीं भारत रत्न बाबा साहब अंबेडकर कृषि के औद्योगिकरण भूमि उद्योग बीमा के राष्ट्रीयकरण द्वारा पूंजी और संसाधनों के असमान वितरण को दूर करने की बात करते हैं। भूमि, कृषि और उद्योगों का पूंजीवादी ताकतों से नियंत्रित संचालित होने पर गरीबी और असमानताएं और बढ़ेगी, ऐसा आंबेडकर मानते थे।

महामारी और गलत आर्थिक निर्णयों से जनित आर्थिक मंदी से निपटने के लिए भी सरकारी स्वामित्व वाली इकाइयों का निजीकरण करना तीनों ही समाजवादी धाराओं के विपरीत है। गांधी, लोहिया व अंबेडकर का समाजवादी दर्शन इसे भारत की अर्थव्यवस्था के लिए निषिद्ध मानता है। निजीकरण के पैरोकार अर्थशास्त्री एवं चिंतक मनुस्मृति केवल आर्थिक व्यवस्था के हिमायती हैं और वे बौद्धिक ज्ञान और संसाधनों पर एक वर्ग विशेष का ही एकाधिकार चाहते हैं जो कि बाबाबा साहेब आंबेडकर के समाजवादी संविधानिक सोच के उलट है। इसलिए निजीकरण सामंतवादी व्यवस्था को फिर से पुनर्जीवित करेगा। न केवल गरीब बल्कि मध्यम वर्ग भी शोषित होगा। क्या हम इस गरीबी के दुश्चक्र के साथ, हम इस सामाजिक असामानता के दुश्चक्र को सहन कर पायेगें।

क्या पंडित दीनदयाल उपाध्याय का आर्थिक दर्शन गांधीवाद के निकट है?

जनसंघ के स्थापक और भारत में 'एकात्म मानववाद' की अवधारणा को विकसित करने वाले पंडित दीन दयाल के विचारों और लेखों पर विगत कई वर्षों काफी शोध हुए हैं। ऐसे समय में जब देश एक हिंदुत्ववादी दक्षिणपंथी सरकार है, दीनदयाल के विचारों पर चिंतन, मनन और लेखन होना स्वाभाविक है। विभिन्न विश्वविद्यालयों में दीनदयाल चेयर पीठों का भी गठन हुआ है। दीनदयाल जी के विचारों पर किये गए ये शोध उन्हें उच्च कोटि का चिंतक, विचारक और गांधीवादी समाजवाद का प्रणेता बताते हैं। निःसंदेह दीनदयाल जी अपनी हिदुंत्व वादी विचारधारा के गहरे अद्ध्येत्ता थे, किन्तु उनकी आर्थिक दृष्टि से गांधीवादी को जोड़ना एक बहुत बड़ी वैचारिक भूल है।

स्वतंत्रता की प्राप्ति के बाद में दीनदयाल जी ने अपनी पुस्तक 'भारत की अर्थ नीति विकास की दशा में' भारत के तत्कालीन आर्थिक विचारों पर एक समग्र चिंतन किया है। आर्थिक समस्याओं और समाधानों को रेखाद्यकित करती हुयी ये पुस्तक वास्तव में दीनदयाल के राष्ट्रवादी विचारों का प्रसार है, जो उन्होंने संघ की पत्रिकाओं में लिखे हैं। उन्होंने अपनी पुस्तक में अर्थ चिंतन, भारतीय संस्कृति में अर्थ, आधारभूत आर्थिक लक्ष्य, कृषि और उद्योग, योजनाओं की भूमिका, उत्पादन की सीमा, साध्य साधन विवेक, मानव और मशीन, न्यूनंतम उपभोग, और पश्चिम के अर्थशास्त्र की अनुकूलता और विकेन्द्रीकरण जैसे विषयों पर राष्ट्रवादी परिप्रेक्ष्य में विमर्श किया है। उपाध्याय जी अपने आर्थिक दर्शन को एकात्म मानववाद से जोड़ कर देखते हैं और अंततः 'अंत्योदय' का नारा देते हैं। धीरे धीरे वे अपने दर्शन में एकात्म मानवतावादी वैचारिक क्रांति सूत्र डाल देते हैं। वे इस क्रांति के लिए गांधीवादी अवधाराणाओं का सहारा लेते हैं, जिसमें वे लिखते हैं अर्थव्यवस्था सदैव राष्ट्रीय जीवन के अनुकूल होनी चाहिये। भरण, पोषण, जीवन के विकास, राष्ट्र की धारणा व हित के लिये जिन मौलिक साधनों की आवश्यकता होती है, उनका उत्पादन अर्थव्यवस्था का लक्ष्य होना चाहिये। पाश्चात्य चिंतन इच्छाओं को बराबर

बढ़ाने और आवश्यकताओं की निरंतर पूर्ति को अच्छा समझता है। इसमें मर्यादा का कोई महत्व नहीं होता। उत्पादन सामग्री के लिये बाजार ढूंढना या पैदा करना अर्थनीति का प्रमुख अंग है। 'अपनी एकात्म मानववाद की वैचारिक क्रांति में वे गांधी के ग्राम स्वराज, मशीनीकरण का विरोध, स्वालम्बी समाज, लोकतंत्र की प्रतिष्ठा, स्व की पहचान, और इच्छाओं की न्यूनता को स्थान देते हैं। किन्तु दीनंदयाल के आर्थिक चिंतन में इतनी सारी गांधी की रचनात्मक अवधारणाएं होने के बाद भी उनकी 'एकात्म मानववाद' की क्रांति गांधी की सर्वोदयी क्रांति से भिन्न है। इसका कारण दीनदयाल जी के चिन्तन का वो वैचारिक आधार है, जो समन्वयकारी और अहिंसक न होकर विभाजनकारी और धर्मान्ध है।

गांधी की राजनीतिक अर्थव्यवस्था में जहां स्वदेशी और विकेन्द्रीकरण, धार्मिक वैमनस्य और संप्रदायकिता के उन्मूलन की बात करते हैं, जिसका आधार सत्याग्रह है, वहीं दूसरी और दीनदयाल जी धर्म निरपेक्षता का विरोध करते हैं और 'मुस्लिमों' को एक समस्या मानते हैं। इसलिए दीनदयाल जी का एकात्म मानववादी दर्शन गांधी की अहिंसक स्वराज की अवधाराणाओं कोसों दूर चला जाता है। स्वंयं दीनदयाल जी ने गांधीवादी, साम्यवाद और सर्वोदयवाद को राष्ट्र की अखंडता के लिए खतरा बताया था। उन्होंने लिखा था कि, 'आजादी के बाद सरकार, राजनीतिक पार्टियों और लोगों को कई महत्वपूर्ण समस्याओं का सामना करना पड़ा.. लेकिन मुस्लिम समस्या इनमें सबसे पुरानी, सबसे जटिल है और नये-नये रूपों में उपस्थित होती रहती है। विगत 1200 सालों से इस समस्या से हम जूझ रहे हैं।' मुस्लिम समस्या पर उनका यह कथन उनकी विचारधारा और गांधी की आर्थिक विचारधारा में अंतर करने के लिए सही अर्थों में स्पष्टीकरण देता है।'धर्म निरपेक्षता पर दीनदयाल जी का मत था कि, 'भारत को धर्मनिरपेक्ष राष्ट्र घोषित करने से भारत की आत्मा पर हमला हुआ है। एक धर्मनिरपेक्ष राज्य में तो कठिनाइयों का पहाड़ खड़ा रहता ह। हालांकि रावण के लंकास्थित धर्मविहीन राज्य में बहुत सारा सोना था, मगर वहां राम राज्य नहीं था'। दीनदयाल जी ने अपनी पुस्तक के आरम्भिक अध्याय में गांधीवाद और साम्यवाद की आलोचना भी की है। गांधी सनातनी हिन्दू होने पर गर्व करते थे किंतु उन्होंने

कभी भी इसे साम्प्रादायिक नहीं होने दिया। उनके आर्थिक कार्यों की रचनात्मकता में ये एक महत्वपूर्ण तत्व है, शायद इसी कारण से विनोबा ने उनकी परम्परा को विस्तार देते हुए 'गीता सार' के साथ ही साथ 'कुरान' पर भी एक पुस्तक लिखी थी। स्पष्ट है कि गांधीवाद के लिए धर्मनिरपेक्षता महत्वपूर्ण है। गांधी के लिए जहां आर्थिक समता के प्रश्न में एकता, सामाजिक समरसता और सांप्रदायिक सौहार्द एक अनिवार्य तत्व है, वहीं उपाध्याय जी के लिए एकता की अवधारणा केवल हिन्दू राष्ट्र की स्थापना से संबंधित है। वे लिखते हैं कि, 'अगर हम एकता चाहते हैं, तो हम निश्चित ही भारतीय राष्ट्रवाद को समझना होगा, जो हिंदू राष्ट्रवाद है और भारतीय संस्कृति हिंदू संस्कृति है'। स्पष्ट है कि गांधीवाद के लिए धर्मनिरपेक्षता महत्वपूर्ण है। दीनदयाल ने गांधी की स्वदेशी की जिस अवधारणा का पूरक विस्तार किया, वहां पर गहरा वैचारिक अंतर है। मतलब गांधी की स्वदेशी की अवधारणा में सत्याग्रह, न्यासिता, अपरिग्रह और विकेन्द्रीकरण साथ साथ चलते हैं, किन्तु दीनदयाल जी ग्राम उद्योगों और कृषि विकास की बात में सत्याग्रह को स्थान नहीं देते हैं।

गांधीवाद से अलग होते हुए भी, दीनदयाल के आर्थिक चिंतन को सिरे से अस्वीकार नहीं किया जा सकता है। उनके 'एकात्म मानववाद' और राष्ट्र को केवल भूमि का टुकड़ा न मानने की बात भारत की 'राष्ट्रीयता' के संदर्भ में कुछ हद तक सही भी है। आजादी के बाद जो दक्षिणपंथ हाशिये पर था, और राष्ट्रीयता का विचार केवल जनसंघ की वैचारिक बहसों और पाञ्चजन्य, राष्ट्रधर्म जैसी पत्रिकाओं तक सीमित था अब वो जनमानस तक पहुंच चुका है। इसके उलट प्रगतिशील वामपंथ विचार केवल कुछ बुद्धजीवियों के विमर्श तक सीमित है। इसका कारण कहीं न कहीं, संघ की अनुशासनात्मक शैली है जिसकी नींव दीनदयाल और श्यामप्रसाद मुखर्जी ने बहुत पहले डाल दे थी। किन्तु उनकी शैली और कार्य पर गाधीवादियों का सदा विरोध रहा है, ये विडम्बना है कि राजनीतिक शास्त्र के पंडित गांधी के 'अंतिम जन' और 'ग्राम स्वराज' की समानता दीनदयाल के 'अंत्योदय' और 'एकात्म मानवाद' से करते हैं, जो कि सरासर निराधार है। जिस विचाधारा के दीनदयाल पोषक थे, उसके बारे में कभी विनोबा ने कहा था, 'राष्ट्रीय स्वयंसेवक संघ की और हमारी कार्यप्रणाली में हमेशा विरोध रहा है।

जब हम जेल में जाते थे, उस वक्त उसकी नीति फौज में, पुलिस में दाखिल होने की थी। जहाँ हिंदू-मुसलमानों का झगड़ा खड़ा होने की संभावना होती, वहाँ ये पहुँच जाते। उस वक्त की सरकार इन सब बातों को अपने फायदे की बात समझती थी। इसलिए उसने भी उनको उत्तेजन दिया, नतीजा हमको भुगतना पड़ रहा है।'

महात्मा गांधी के स्वदेशी के विचार के विपरीत है मोदी का आत्मनिर्भर भारत

जहां एक और महात्मा गांधी ने अपनी स्वदेशी की संकल्पना में एक अहिंसक समाज के निर्माण का स्वप्न देखा और इसका आधार उन्होंने अपने सत्य, अहिंसा, सत्याग्रह और समता के सिद्धांतों को बनाया किन्तु मोदी का आत्म निर्भर भारत गांधीवाद की इन अवधारणाओं से कोसों दूर है। महात्मा जी का अहिंसक-आर्थिक समाज विकेन्द्रीकृत मध्यम और लघु तकनीक के माध्यम से ग्रामीण अर्थव्वस्था को सुदृढ़ करने की बात करता है, वहीं मोदी की आत्मनिर्भरता की सोच केंद्रीकृत बड़े उद्योगों और शहरी अर्थ तंत्र के लिए है। स्वदेशी की संकल्पना में आर्थिक असमानताओं के लिए कोई स्थान नहीं है, जबकि मोदी के आत्म निर्भरता और मेक इन इंडिया से भारत को केवल वाणीहीन, रोजगारहीन और क्रूर आर्थिक वृध्दि ही प्राप्त होगी जहां आय और सम्पत्ति की असमानताएं चरम पर होंगी।

मोदी जी के आत्मनिर्भर भारत की परिकल्पना से गांधीवादी समाजवाद के किसी भी लक्ष्य को प्राप्त नहीं किया जा सकता क्योंकि गांधी की राजनीतिक अर्थव्यवस्था में उनके रचनात्मक कार्यक्रम और एक वैकल्पिक सभ्यता की भी झलक दिखाई देती है, जो कि श्रम की महत्ता, सत्याग्रह, आर्थिक समानता, संघर्ष समाधान को लक्ष्य मानकर चलती है। गांधी, राजनीतिक और आर्थिक विकेंद्रीकरण को साधन और साध्य दोनों मानकर चलते हैं, जबकि मेक इन इंडिया की अवधारणा लाभ-आधारित बाजार व्यवस्था, पूंजीवादी शोषण, श्रम का शोषण और आर्थिक संघर्ष को जन्म देने वाली है। गांधी जहां एक और अर्थव्यवस्था की उन्नति के लिए किसी भी प्रकार के ऋण या बाहरी सहायता को अस्वीकार देते हैं, वहीं दूसरी और मोदी आयातित तकनीक के माध्यम से भारत को आत्मनिर्भर बनाना चाहते हैं, जो कि भारत जैसी श्रम प्रधान अर्थव्यवस्था के लिए उचित नहीं है।

गांधीजी की स्वदेशी की संकल्पना उनके सामाजिक, राजनीतिक और शैक्षिक विचारों का भी एक समावेश करती है जिसका आधार सत्याग्रह है। जिसमें व्यक्ति और संस्थाएं अन्याय

पूर्ण आर्थिक निर्णयों का अहिंसक विरोध कर सकती हैं, किन्तु जहां प्रतिरोध के स्वर कुचले जा रहे हों वहां इसकी आशा कम है। यह भी समझना चाहिए कि गांधी की स्वदेशी की संकल्पना उस भारत के लिए है जहां पर शिक्षा भी (नई तालीम) के माध्यम से चरित्र के निर्माण के लिए दी जाएं और यह नई तालीम छोटी-छोटी और परंपरागत ग्रामीण हस्तकलाओं को संरक्षित करके ही पाई जा सकती है। जबकि वर्तमान संदर्भ में दी जाने वाली शिक्षा नई तालीम के सिद्धांतों का खुला उल्लंघन करती है। मोदी जी की राजनीतिक अर्थव्यवस्था का सबसे बड़ा दोष यही है कि सत्याग्रह, अहिंसा समता और समानता के गांधीवादी विचार को न समझती है और न ही अपनाती। धार्मिक संघर्ष, ध्रुवीकरण, और सामाजिक वैमनस्य पैदा करके गांधी के स्वदेशी और सत्याग्रह के समाज को नहीं अपनाया जा सकता। आत्मनिर्भरता का मोदी का नारा गांधी के स्वदेशी और गांधीवाद का खुला अपमान है। आत्मनिर्भरता के नाम पर माननीय प्रधानमंत्री, गांधी जी का सम्मान करने का नकली प्रपंच रचते हैं। क्योंकि गांधी के राम राज्य के विचार में आत्मनिर्भरता और स्वदेशी का अर्थ समाज के किसी भी प्रकार भेदभाव, वैमनस्य और हिंसा का उन्मूलन है, जबकि मोदी जी का नया भारत अल्पसंख्यकों के लहू पर बहुसंख्यको का मानसिक तुष्टीकरण करता है। मोदी द्वारा स्वदेशी को राष्ट्रवाद की चासनी में लपेट कर परोसा जाता है।

स्वदेशी सिर्फ एक आर्थिक नहीं बल्कि दार्शनिक और पवित्र विचार है, जो रचनात्मक सिद्धांतों के माध्यम से समाज को एकता के सूत्र में पिरो के रखना चाहता है। नए भारत में जहां गौ रक्षा के नाम पर हिंसक आंदोलन और दंगे कराये जाते हों, वहां आत्मनिर्भरता की बात करना पाप करके गंगा में धोने जैसा है। जब तक गौ रक्षा, राम राज्य, धर्म के नाम पर निर्दोषों का कत्ल किया जाए गा, वहां घरेलू उद्योगों उत्पादन और आत्मनिर्भरता हासिल करने के बावजूद समाज ठगा सा महसूस करेगा। मोदी और उनके तथाकथित भक्तों को यह बात समझनी ही होगी कि बिना अहिंसा के गांधी के भारत की कल्पना भी अविश्वसनीय सी लगती है। इसलिए पहले वे स्वयं सत्याग्रह और सामाजिक समरसता के गांधी के विचारों का गहन अध्ययन करें और उसे अपनाएं तब जाकर आत्म निर्भर भारत की तुलना

स्वदेशी जैसे पवित्र विचार से करें। अंत में बस यही कहा जा सकता है कि कूड़ेदान के ऊपर गांधी का चश्मा लगाकर उन्हें स्वच्छ भारत का दरोगा ना बनाकर अहिंसा का विचारों का एक विचारक ही रहने दिया जाए। पर क्या? मोदी जी इसे समझेंगे।

पत्रकारिता और राजनीति में हिन्दी का बदलता राष्ट्रवादी स्वरूप

क्या किसी भाषा का राष्ट्रीयता या राष्ट्रवाद से संबंध हो सकता है? गहरे अर्थों में इस वाक्य का विश्लेषण करें तो उत्तर हाँ में ही मिलेगा। तो क्या भाषायी राष्ट्रवाद इसी का रूप है? इन्हीं प्रश्नों के उत्तर की खोज में कुछ बातों को समझते हैं। आज जबकि राष्टवाद का संबंध भाषा से जोड़ा जा रहा है और उसमें उग्रता की चरम सीमा दिखाई देती है, इस पर विमर्श करना आवश्यक है। भारत में भाषा का राष्ट्रीय राजनीति से भी गहरा संबंध रहा है। भारत जैसे भाषायी विविधता वाले देश में राष्ट्रीय राजनीति पर अधिकतर हिन्दी पट्टी वाले नेताओं का आधिपत्य रहा है। मूल रूप से हिंदी में जनता से सशक्त संवाद करने वाले नेता ही जनप्रियता और लोकप्रियता के नए आयाम प्राप्त करते हैं। चंद्रशेखर, अटल और मोदी इसके उदाहरण हैं। स्वतंत्रता प्राप्ति के पहले जो हिन्दी जनचेतना, जनआंदोलन और विचार प्रवाह की भाषा थी, स्वतंत्रता प्राप्ति के पश्चात वो हिंदी राजनीति और सत्ता के शिखर पर पहुंचने का माध्यम बन गई।

ये एक महत्वपूर्ण लेकिन रुचिकर तथ्य है कि हिंदी पत्रकारिता और समाचार पत्रों के माध्यम से स्वतंत्रता प्राप्ति से पूर्व इस विचार प्रवाह का पहला प्रयास एक अहिन्दी प्रदेश बंगाल में "उत्तण्ड मार्तण्ड" के रूप में हुआ। तत्पश्चात हिंदी की नागरी क्रान्ति को आगे बढ़ाने का कार्य पत्रकारिता के मूर्धन्य विद्वानों माखनलाल चतुर्वेदी, विपिन चंद्र पाल, गणेश शंकर विद्यार्थी और प्रताप नारायण मिश्र ने किया। किन्तु हिंदी को जनमानस और अहिंसक विचार की भाषा बनाने का काम एक अहिन्दी प्रदेश में जन्मे गुजरात के महान कर्मयोगी ने किया। ये कर्मयोगी थे महात्मा गांधी। उन्होंने इंडियन ओपिनियन, "यंग इंडिया" और नवजीवन नाम के पत्र निकाले। इंडियन ओपिनियन को उन्होंने अंग्रेजी के अतिरिक्त तमिल, हिंदी और गुजराती में भी निकाला। हिंदी में इसका संपादन का प्रभार मनसुख लाल के पास था। गांधी की हिन्दी गुजराती जितनी अच्छी नहीं थी, इसलिए उन्होंने ऐसा किया और दूसरा वे सरल अर्थों में हिन्दी को जनमानस की भाषा बनाना चाहते थे। गांधी की पत्रकारिता न केवल राष्ट्रवादी

विचारों का एक कोष थी अपितु अहिंसा, विकेन्द्रीकरण और सत्याग्रह जैसे अहिंसा विचारों को जन-जन तक पहुंचाने के लिए एक सन्देश माध्यम भी थी। गाँधी जी हिन्दी अखबार को समाचार पत्र नहीं विचार पत्र मानते थे। इसलिए हिन्दी उनके लिए समाचार नहीं विचार की भाषा थी। गाँधी के हिंदी दर्शन की इस भावना को उनके अनुयायियों विनोबा, लोहिया और दादा धर्माधिकारी ने आगे बढ़ाया। गांधी के लिए हिन्दी कभी बाजार की भाषा नहीं बनी जैसा कि आज के समाचार पत्रों एवं मीडिया चौनलों के लिएहै। स्पष्ट है कि गांधी ने हिन्दी को भाषा के राजनीतिकरण और बाजारीकरण से दूर रखा और इसके राष्ट्रवादी स्वरूप को बनाये रखा लेकिन गांधी ने कभी हिन्दी का सहारा लेकर हिंसक ध्रुवीकरण नहीं किया जैसा कि आज के कुछ दक्षिणपंथी हिन्दी पट्टी के नेता करते हैं। आज के संदर्भ में अगर विश्लेषण करें तो दृष्टिगत होता है, हिन्दी राजनीतिक ध्रुवीकरण, बहिष्कृत राष्ट्रवाद और बाजारवाद की भाषा बन गई है। बाजारीकरण और ध्रुवीकरण से भाषा की महानता को तो कोई खतरा नहीं किन्तु राष्ट्र की अस्मिता को अवश्य है। मोदी भी गांधी की तरह गुजराती हैं, किन्तु उनका जनमानस से हिन्दी में संवाद विचारों के आदान प्रदान के लिए नहीं अपितु एक वैचारिक तानाशाही बनाने के लिए है। हिन्दी में बोलने वाले दक्षिणपंथ के अधिकतर नेता कोरे राष्ट्रवाद और अल्पसंख्यकों के प्रति विद्वेष से भरे रहते हैं। तो वहीं अखबारों और मीडिया हाउसों के लिए हिन्दी हिंसक और अस्वस्थ मनोरंजन को लोगों तक पहुँचाने और धनार्जन करने का साधन है। ये एक प्रकार का नया भाषायी पूंजीवाद है। जिस हिन्दी के माध्यम से गांधी, लोहिया और विनोबा ज्ञान का विकेन्द्रीकरण करना चाहते थे, वो हिन्दी अब राजनीतिक सत्ता के केन्द्रीकरण का साधन बन गई। विचार गौढ़ हो गया मगर अर्थ प्रधान हो गया। शायद इसीलिए प्रबुद्ध चिंतक पूर्व राष्ट्रपति प्रणब मुखर्जी भारत के प्रधानमंत्री नहीं बन सके, ये तथ्य दिवगंत नेता ने स्वयं स्वीकार किया है।

अहिंसक और सत्याग्रही राष्ट्रवाद की अवधारणा कमजोर होती गयी और विघटनकारी सोच की राजनीति करने वालों ने हिन्दी को हिंसक और उग्र राष्ट्रवाद से जोड़ दिया। इसी कारण क्षेत्रीयता और भाषायी वैमनस्य भी पैदा हुआ। हिन्दी का ये बदलता राष्ट्रवादी स्वरूप भारत के अखंडता एवं एकता के लिए

खतरा है। नई शिक्षा नीति में बहुभाषावाद की बात की जा रही है, किन्तु कहीं ऐसा न हो ये बहुभाषावाद कोरे राष्ट्रवाद का रूप ले ले। हिंसक राजनीति विजयी हो जाये और अहिंसक राष्ट्रवाद पिछड़ जाये। आवश्यक है कि आप हिन्दी में चिंतन करें, मनन करें, विचार करें और हिन्दी में लिखें किन्तु हिन्दी को वैमनस्य फैलाने वाली भाषा न बनायें, न ही हिन्दी को पूंजीवादी ताकतों के सामने नतमस्तक होने दें। निर्णय आपके हाथ में है कि आप किसके साथ खड़े होंगें। गांधी की अहिंसक राष्ट्रवादी हिन्दी या मोदी की सत्तालोलुप हिंसक राष्ट्रवादी हिन्दी?

प्रायोगिक गांधीवाद के महान प्रणेता थे भारत रत्न विनोबा भावे

महान गांधीवादी विचारक, कर्मयोगी और भूदान आंदोलन के प्रणेता भारत रत्न विनोबा भावे न केवल भारत के गौरव थे अपितु समस्त संसार के आध्यात्मिक गुरू भी थे। उनका भूदान और ग्रामदान का विचार पश्चिमी देशों के चिंतको को भी सम्मोहित करता है। लुइ फिशर ने उनके योगदान को स्मरण करते हुए कहा था कि "ग्रामदान हाल के समय में पूरब से आया सबसे रचनात्मक विचार है।" आजादी के प्रारम्भिक वर्षों नेहरु ने उस बाजार आधारित माडल पर केंद्रीय योजनाओं के माध्यम से भारत का नवनिर्माण करना चाहा जिसे महात्मागांधी ने 1910 में उनकी कालजयी रचना "हिंद स्वराज" में सिरे से खारिज कर दिया था। दुर्भाग्य से नेहरु ने विकास के गांधी जी के सर्वोदय माडल की जगह पूंजीवादी माडलों को तरजीह दी। महात्मागांधी के देहावसान के बाद देश में नेहरु की समाजवादी अर्थव्यवस्था ने गांधीवादी विचारकों के मध्य एक निराशा का माहौल बना दिया। विनोबा ने इन निराशाओं के भंवर को पीछे छोड़ते हुये लोकनीति में सामुदायिक अहिंसा का एक महान प्रयोग किया जिसने आगे चलकर भूदान और ग्रामदान का रूप ले लिया।

गांधी की भांति विनोबा भी अहिंसक विकेंद्रीक्रत समाज को सच्चे अर्थों में कल्याणकारी समाज मानते थे। विनोबा महान गांधीवादी आर्थिक अर्थशास्त्री जे सी कुमारप्पा की स्थायी समाज व्यवस्था के उच्चतम स्तर को प्राप्त करने के लिये प्रयत्नशील भी थे। वे एक से ग्रामीण समाज का निर्माण करना चाहते थे जिसमें विभिन्न आर्थिक एवं सामाजिक संगठन एक दूसरे से बिना किसी स्वार्थ के परस्पर सौहार्दपूर्ण विनिमय करते हैं। निःसंदेह विनोबा का यह सामाजिक और आर्थिक दर्शन गांधी के विचारों का एक प्रवाह है। अपरिग्रह, न्यासिता, स्वदेशी, सत्याग्रह, विकेंद्रीकरण और सर्वोदय विनोबा के आर्थिक दर्शन के महत्त्वपूर्ण स्तम्भ हैं और इसके आधार पर ही वे एक शोषण रहित अहिंसक समाज की स्थापना करना करना चाहते हैं।

कुछ लोग अपने विचारों से समाज में एक वैचारिक क्रांति पैदा करते हैं और कुछ लोग अपने कार्यों से क्रांतिकारी

विचार पैदा करते हैं। विनोबा वास्तव में दोंनों प्रकार के लोगों का एक सम्मिश्रण हैं इसलिए उन्हें एक कर्मयोगी क्रांतिकारी कहना उचित होगा। उन्होंने भूदान और ग्रामदान के विचार को एक क्रांतिकारी आंदोलन में परिवर्तित कर दिया। उनका यह अहिंसक आंदोलन समता मूलक, संघर्ष विहीन समाज के निर्माण के लिये एक अद्दितीय प्रयास था क्योंकि भूदान और ग्रामदान का विचार आर्थिक एवं सामाजिक असामानताओं को समाप्त करने के लिये एक अहिंसक माध्यम बनकर सामने आया। वर्तमान समय में जब भूमि अधिग्रहण कानून को लेकर तमाम प्रकार की हिंसक घटनाएं हो रही है, लोगों को विनोबा की वैचारिक अहिंसक क्रांति से सीखना चाहिये किंतु ये कार्य बाजारवादी ताकतों के मोहपाश में फंसी हुई केंद्रीय सत्ता नहीं कर सकती इसकेलिये सामुदायिक तौर पर विकेंद्रीक्रत प्रयास करने होंगे। यहां ये बात भी विचारणीय है कि वर्तमान भारत में जो भी भूमि संबधी समस्याएं उत्पन्न हुयी है कहीं न कहीं उनका प्रादुर्भाव गांधी के विचारों की अवहेलना के कारण ही हुआ है।

आधुनिक सभ्यता के मानव जीवन पर पड़ने वाले कुप्रभावों का विवेचन विनोबा भी अपने साहित्य में गांधी की ही भांति ही करते है। विनोबा भावे अपनी पुस्तक ''स्वराज शस्त्र'' एवं ''लोक नीति'' में जिन राजनीतिक विचारों की सारगर्भित व्याख्या की है, वह गांधी की हिंद स्वराज की द्रष्टि से ही प्रभावित है। इस अर्थ में बेहतर समझा जा सकता है कि विनोबा लोक व्यवहार में ग्राम आधारित गणतंत्रीय व्यवस्था में स्वशासन की अवधारणा को सरकार से मुक्ति के संदर्भ में देखते थे। आज जिस अधिकतम शासन और न्यूनतम सरकार की बात की जाती है, उसकी नींव विनोबा की दूरदर्शी सोच में पहले से ही दिखाई देती है। विनोबा ने न केवल सर्वोदय के सिद्दांत की व्याख्या की अपितु अपने रचनात्मक कार्यक्रमों में इसे साकार करने के लिये अथक शारीरिक और मानसिक श्रम भी किया। हजारों किलोमीटर की देशव्यापी पदयात्रा करके उन्होंने जमींदारों, भू स्वामियों का सत्याग्रह के माध्यम से ह्रदय परिवर्तन किया और वंचितों, भूमिहीन मजदूरों, दलितों को उनका मालिकना हक दिलाया। भूमि वितरण के इस सुधारवादी प्रकिया के दौरान उन्होंने ''सबै भूमि गोपाल की'' का नारा देकर इसे एक सामुदायिक कार्यक्रम के तौर पर विकसित भी किया।

विनोबा का आर्थिक एवं सामाजिक दर्शन सर्वोदयी समाज के निर्माण के लिये तीन प्रकार के विकेंद्रीकरण मुख्य रूप से आवश्यक मानते थे-सत्ता का विकेंद्रीकरण, आर्थिक तंत्र का विकेंद्रीकरण और ज्ञान का विकेंद्रीकरण। शासन के विकेंद्रीकरण का अर्थ है ''लोगों के हाथों में स्वयं का शासन और समाज के हितों के लिये सांमुदायिक योजना बनाना, आर्थिक विकेंद्रीकरण से आश्य ग्राम आधारित कुटीर और लघु उद्योगों को गांवों में विकसित करना और ज्ञान के विकेंद्रीकरण का मतलब है नवाचार और मानव कल्याणकारी तकनीक को गांवों तक पहुंचाना। ग्राम विश्वविदयालयों की स्थापना एक सामुदायिक योजना के अन्तर्गत करना। इन तीन घटकों के विकेंद्रीकरण के माध्यम से ही एक अहिंसक और शांतिपूर्ण समाज की रचना की जा सकती है। किंतु खेद का विषय है कि स्वतंत्रता प्राप्ति के पश्चात इन तीनों ही घटकों का केंद्रीयक्रत रूप भारतीय समाज पर जबरन थोप दिया गया।

भूमंडलीकरण के दौर में आवश्यकता इस बात है कि विनोबा जैसे मनीषियों के सामाजिक एवं आर्थिक चिंतन का न केवल गहन अध्यक्षा किया जाय अपितु सामाज में व्यापत हिंसा, असामानता, गरीबी और बेरोजगारी जैसी समस्याओं के निराकरण के लिये उनका युद्द स्तर पर प्रयोग भी किया जाय। इस कार्य के लिये न केवल शासन, संगठन और विधायी शक्तियों को बल्कि जनमानस को भी अपनी भागीदारी सुनिश्चित करनी होगी। विनोबा के पावन विचारों को लोगों के मन तक पहुंचाना होगा, तभी हम इस अहिंसक क्रांतिकारी युगपुरुष के प्रति सच्ची श्रद्धांजलि व्यक्त कर पायेंगे और उनके जय जगत का सपना भी पूरा होगा।

समता, राष्ट्रीयता और समानता के महान संरक्षक थे भारत रत्न प्रणव मुखर्जी

राजनीति कभी कभी ऐसा शून्य छोड़ देती है, जिसे कभी नहीं भरा जा सकता। भारत रत्न पूर्व राष्ट्रपति का निधन ने एक ऐसा ही शून्य बना दिया है। पर हमें भारतीय राजनीति के सबसे विद्वान नेता का स्मरण उनके विचारों, उनकी प्रबंधन प्रणाली पर उनकी गहरी राजनीतिक और आर्थिक दृष्टि पर विचार करके ही करना चाहिए। वे अटल की तरह ही राष्ट्रीय राजनीति के अजातशत्रु थे तो साथ ही साथ कांग्रेस पार्टी के सबसे बड़े संकट मोचक। वे इतिहास के महान अध्येयता होने के साथ अर्थ तंत्र के कुशल महारथी थे। वित्त मंत्री रहते हुए उन्होंने राजनीतिक वोट बैंक की चिंता न करते हुए कई बार कड़े निर्णय लिए। वे एक अनुशाषित राजनीतिक शैली के प्रखर हिमायती थे। जब वे 2012 में राष्ट्रपति बने तो उन्होंने ऐसे भारत के निर्माण का सपना देखा जो सविंधान, समता और समानता की रक्षा करे। उनके राष्ट्रपति बनते ही वे राजनीति के एक आदर्श शिखर पर पहुंच गए।

राष्ट्रपति बनने के बाद भी वे अपनी जड़ों को नहीं भूले थे। हम उनकी सोच को उनके ही जादूई शब्दों से समझ सकते हैं, जो उन्होंने राष्ट्रपति बनने के बाद प्रथम अभिभाषण में कहे थे ‘‘बंगाल के एक छोटे से गांव के दीपक की रोशनी से दिल्ली की जगमगाती रोशनी तक की इस यात्रा के दौरान मैंने विशाल और कुछ हद तक की अविश्वसनीय बदलाव देखे हैं उस समय में बच्चा था जब बंगाल में अकाल नहीं लाखों लोगों को मार डाला था वह पीड़ा और दुख मैं भूला नहीं हूं हमने कृषि उद्योग और सामाजिक ढांचे के क्षेत्र में बहुत कुछ हासिल किया है परंतु सब कुछ उसके मुकाबले कुछ भी नहीं है जो आने वाले दशकों में भारत की अगली पीढ़ियां हासिल करेंगी’’

वे इतिहास बोध के प्रखर हिमायती थे और और उनका मानना था कि विद्यार्थियों को अपने गौरवशाली अतीत से जरूर सीखना चाहिए। वे विचारधाराओं के मतभेद के बाद भी ‘‘एक समन्यवादी बहुलता के सिद्धांतों पर चलने वाले भारत के नव निर्माण पर जोर देते थे। उनका मानना था कि’’ हमारा राष्ट्रीय

मिशन वही बना रहना चाहिए जिसे महात्मा गांधी जवाहरलाल नेहरू सरदार पटेल राजेंद्र प्रसाद अंबेडकर और मौलाना आजाद की पीढ़ी ने भाग्य से भेंट के रूप में हमारे सुपुर्द किया था गरीबी के अभिशाप को खत्म करना और युवाओं के लिए ऐसे अवसर पैदा करना जिसमें पर हमारे भारत को तीव्र गति से आगे ले जाएं भूख से बड़ा अपमान कोई नहीं है सुविधाओं को धीरे-धीरे नीचे तक पहुंचाने के सिद्धांतों से गरीबों की न्याय संगत आकांक्षाओं का समाधान नहीं हो सकता हमें उनका उत्थान करना होगा जो कि सबसे गरीब है जिससे गरीबी शब्द आधुनिक भारत के शब्दकोष से मिट जाए''

अगर वे नए भारत से गरीबी को आर्थिक शब्दकोश से हटाने की बात कहते हैं तो एक संतुलित आर्थिक दृष्टिकोण अपनाते हैं, उनका समाजवादी दर्शन नेहरू की सोच स प्रभावित था किन्तु उनके की सत्ता में रहते हुएदेश को सूचना का अधिकार, भोजन का अधिकार और रोजगार का अधिकार मिला। वे भारत की असली कहानी में सभी की समान भागीदारी चाहते थे। उन्होंने कहा था ''वह बात जो हमें कहां लेकर आई है वही हमें आगे लेकर जाएगी भारत की असली कहानी है। इसकी जनता की भागीदारी हमारी धन संपदा को किसानों और काम करो उद्योगपतियों एवं हां सेवा प्रदाताओं सैनिकों और आसानी को द्वारा आयोजित किया गया है मंदिर मस्जिद गिरजाघर गुरुद्वारा और सिनागांग के प्रशांत सह अस्तित्व में हमारा सामाजिक सौहार्द दिखाई देता है और यह हमारी अनेकता में एकता के प्रतीक है और इसका संरक्षण हमारा कर्तव्य है।

प्रणव दा विश्व आर्थिक व्ययस्था में शान्ति के लिए नए प्रतिमानों के पक्षधर थे। इसमें उन्होंने अपने इतिहास बोध का भी सार डाला, उनकी दृष्टि में शान्ति समृद्धि का पहला तत्व है ''शांति समृद्धि का पहला तत्व है इतिहास को पराया खून के रंग से लिखा गया है। परंतु विकास और प्रगति के जगमगाते हुए पुरस्कार शांति से प्राप्त हो सकते हैं ना कि युद्ध से 20 वीं सदी के पूर्वार्ध और उत्तरार्ध के वर्षों की अपनी कहानी है। यूरोप और यही सही मायने में पूरे विश्व में दूसरे विश्वयुद्ध और उपनिवेशवाद की समाप्ति के बाद खुद को फिर से स्थापित किया और परिणाम स्वरूप संयुक्त राष्ट्र संघ जैसी महान संस्थाओं का उदय हुआ नेताओं ने लड़ाई के मैदान में बड़ी-बड़ी से लाएं

उतारी है, और तब उनकी समझ में आया कि युद्ध में गौरव से कई और अधिक बर्बरता होती है। इसके बाद उन्होंने दुनिया की सोच में परिवर्तन करके उसे बदल डाला गांधी जी ने हमें उदाहरण प्रस्तुत करके सिखाया और हमें अहिंसा की परम शक्ति प्रदान की भारत का दर्शन पुस्तकों में कोई अमूर्त परिकल्पना नहीं है। हमारे लोगों के रोज़ना की जीवन की फलीभूत हो रहा है जो मान्यता को सबसे अधिक महत्त्व देते हैं हिंसा हमारी प्रकृति में नहीं है इंसान के रूप में जब हम कोई गलती करते हैं तब हम पश्चाताप और उत्तरदायित्व के द्वारा खुद को उस से मुक्त करते हैं।''

उन्होंने भारत के लोकतंत्र को विश्व के लिए एक आदर्श मॉडल के रूप में देखाद्य वे आधुनिक भारत के ऐसे स्वरूप की कल्पना करते थे जहां राज्य एक दूसरे के साथ सहकारिता के भावना के साथ एक वृहद लक्ष्य की प्राप्ति के लिए कार्य करें। उन्होंने राष्ट्रपति पद को भी जनसेवा का सबसे बड़ा पुरुस्कार बताया। आइये प्रणव मुखर्जी के विचारों पर विमर्श करें और उस शून्य को जो उनके जाने से पैदा हो गया है, उनकी अविरल विचार यात्रा पर विचार करके भरने का प्रयास करें। उनकी सोच एक छोटे से लेख में समेटना सागर की थाह नापना है ! अंत में उनके ही शब्दों में उनके भारत की कल्पना के साथ, भारतीय राजनीति के सबसे बड़े बौद्धिक चिंतक को श्रद्धांजलि, मैं ऐसे भारत की कल्पना करता हूं जहां उद्देश्य की समानता से सबका कल्याण संचालित हो जहां केंद्र और राज्य केवल सुशासन की परिकल्पना से संचालित हो जहां हर एक क्रांति सकारात्मक क्रांति हो जहां लोकतंत्र का अर्थ केवल 5 वर्ष में एक बार मत देने का अधिकार ना हो बल्कि जहां नागरिकों के हित में बिना भय और पक्षपात के बोलने का अधिकार हो जहां ज्ञान विवेक में बदल जाए जहां युवा अपनी असाधारण ऊर्जा और प्रतिभा को सामूहिक लक्ष्य के लिए प्रयोग करें जब पूरे विश्व में निरंकुशता समाप्ति पर है। क्षेत्रों में लोकतंत्र फिर से पनप रहा है जिन क्षेत्रों को पहले इसके लिए अनुपयुक्त माना जाता था ऐसे समय में भारत आधुनिकता का मॉडल बन कर उभरा है।

महामारी के दौर में खाद्य सुरक्षा : नीतिगत समस्यायें

भारतीय संविधान के अनुच्छेद 21, के अनुसार भोजन का अधिकार एक मौलिक अधिकार है। इस संवैधानिक अधिकार को वर्ष 2013 में राष्ट्रीय खाद्य सुरक्षा अधिनियम के रूप में संसद द्वारा अधिसूचित किया गया था। इसमें सीमान्त श्रीमिकों, गरीब कामगारों, कुपोषित बच्चों, गरीब महिलाओं और परंपरागत काश्तकारों को अंत्योदय योजना के अंतर्गत खाद्य सुरक्षा प्रदान करने की बात की गई थी। इस अधिनियम में मध्यान्ह भोजन योजना के अंतर्गत पोषित खाद्य पदार्थ करने का प्रावधान किया गया था। गरीबी रेखा से नीचे रहने वाले परिवार इसके लिए चिन्हित किए गए थे। पोषित भोजन और खाद्य सामग्री के वितरण की जिम्मेदारी सार्वजनिक वितरण व्यवस्था के तहत की जानी निश्चित की गई थी। खाद्य सुरक्षा एक गंभीर प्रश्न है, क्योंकि इसका संबंध 'गरीबी के दुष्चक्र' से होता है। स्वतंत्रता प्राप्ति के पश्चात भारत में खाद्य सुरक्षा सुनिश्चित करने के लिए बनाई गई योजनाएं, प्रत्यक्ष और अप्रत्यक्ष तौर पर गरीबी उन्मूलन से ही संबंधित है। व्यापक अर्थों में खाद्य सुरक्षा का अर्थ प्रत्येक व्यक्ति को संतुलित आहार के लिए शारीरिक, आर्थिक, सामाजिक और पर्यावरणीय साधन उपलब्ध कराना है। इसके घटकों में, शुद्ध पेय जल की उपलब्ध्ता, प्राथमिक चिकित्सा के सुलभता और, स्वच्छता और जीबन की प्रत्याशा सम्मिलित है। खाद्यय सुरक्षा के लिए भारत सरकार ने मात्रात्मक और गुणात्मक दोनों आधारों को ध्यान में रखते हुए तीन खाद्य आधारित सुरक्षा जाल अपनाये थे। इनमें सार्वजनिक वितरण प्रणाली, समेकित बाल विकास योजनाएं और मध्याह्न भोजन योजनायें प्रमुख है। रोजगार सृजन और गरीबी उन्मूलन की कई योजनाओं का भी इनसे अप्रयत्क्ष संबध था। इतना ही नहीं राजनीतिक दल चुनाव से पहले अपने घोषणा पत्रों में खाद्य सुरक्षा को लेकर बड़े-बड़े वादे भी करते हैं। लेकिन क्या भारत में खाद्य सुरक्षा के संदर्भ में अनुकूल परिणाम मिले हैं? और इस पहलू की ओर किये गए उच्च सामाजिक शोध क्या इंगित करते हैं?

शोध और आकंड़ों की दृष्टि से देखें तो भारत में खाद्य सुरक्षा की स्थिति संतोषजनक नहीं दिखाई देती है। ओडिशा, बिहार और उत्तर प्रदेश (यूपी) के अपने सर्वेक्षणों में, ममता प्रधान और देवेश रॉय ने पाया कि लिंग, जाति और वर्ग जैसे सामाजिक विभेद भारत में पीडीएस के साथ-साथ लाभार्थियों को कैसे प्रभावित करते हैं, साथ ही साथ विभिन्न वर्गों के लिए कैसे सेवाएं प्रदान की जाती हैं। विशालता के बावजूद, प्रधान और रॉय मानते हैं कि पीडीएस को कमजोर संस्थानों की समस्याओं, अभिजात वर्ग के कब्जे, किराए की मांग, और अक्षम प्रौद्योगिकियों का सामना करना पड़ता है, जो भोजन तक पहुंच में बाधा डालते हैं। इकोनॉमी और पॉलिटिकल वीकली, जर्नल में प्रकाशित एक लेख का उदाहरण, भारत में सामाजिक विभेद के कारण सार्वजनिक वितरण प्रणाली की कमियों को दर्शाता है कि किस प्रकार ''बिहार में एक महिला ने दावा किया कि भूमिहार परिवार के प्रति उनकी निष्ठा के कारण उन्हें राशन कार्ड से वंचित कर दिया गया था जिन्होंने गाँव में पंचायत चुनाव लड़ा था और हार गए थे। जबकि एक अन्य मामले में, एक 75 वर्षीय एससी महिला ने स्थानीय सत्ता संबंधों, विशेष रूप से सत्तारूढ़ सवर्ण मुखिया के साथ अपने मृतक पति के राजनीतिक टकराव का आरोप लगाया, क्योंकि बीपीएल राशन कार्ड प्राप्त करने में उनके संघर्ष का कारण था। यहां तक कि वार्ड सदस्यों और मुखिया ने स्वीकार किया कि उन्होंने लाभार्थी सूची से उसका नाम जानबूझकर काट दिया है।''

खाद्य सुरक्षा गरीबी उन्मूलन सतत विकास के लक्ष्य में शामिल है। जबकि खाद्य सुरक्षा से संबंधित दिशा निर्देशों का सही ढंग से पालन नहीं हो रहा है राज्य तथा जिला स्तर पर इसके क्रियान्वयन में समस्याएं आ रही हैं, कोविड-19 के दौर में अंत्योदय और प्रधानमंत्री जन कल्याण योजना द्वारा गरीब पिछड़े और प्रवासी श्रमिकों का पोषण युक्त आहार प्रदान करना एक कठिन लक्ष्य लगता है। संशय करने का कारण भी है, 11 फरवरी 2020 को लोकसभा में पूछे गए एक प्रश्न के संदर्भ में सरकार ने खुद एक खाद्य सुरक्षा वितरण प्रणाली में भयावह अनियमितता और भ्रष्टाचार की बात स्वीकार की है। प्रश्न के उत्तर में केंद्रीय मंत्री ने बताया ''लक्षित सार्वजनिक वितरण प्रणाली के कामकाज में अनियमितता के बारे में शिकायतें आई

हैं, जिसमें खाद्यान्नों का रिसाव/विचलन, खाद्यान्न, अपेक्षित लाभार्थियों तक नहीं पहुँचना, कुछ राज्यों या क्षेत्रों में अपात्रों को राशन कार्ड जारी करना आदि शामिल हैं। पीडीएस केंद्र और राज्य/केंद्रशासित प्रदेश सरकारों की संयुक्त जिम्मेदारी के तहत संचालित होता है, जिसमें संबंधित राज्य/केंद्र शासित प्रदेश सरकारों के साथ राज्य/केंद्रशासित प्रदेश के भीतर पीडीएस के कार्यान्वयन के लिए परिचालन जिम्मेदारियां होती हैं। इसलिए, जब सरकार को व्यक्तियों और संगठनों के साथ-साथ प्रेस रिपोर्टों के माध्यम से शिकायतें मिलती हैं, तो उन्हें जांच और उचित कार्रवाई के लिए संबंधित राज्य/संघ राज्य सरकारों को भेजा जाता है।" किंतु खेद का विषय यह है कि संसद में इस महत्त्वपूर्ण बिंदुओं पर चर्चा करते समय कोई भी नीतिगत उत्तर नहीं दिया गया, जबकि संसद में 6 दिसंबर 2019 को महिला और बाल विकास मंत्री श्रीमती स्मृति इरानी ने स्वीकार किया कि खाद्य सुरक्षा का संबंध कृषि विविधीकरण, खाद्य उत्पादकता की स्थिरता, खेती को बढ़ावा देने के लिए नीति समर्थन, विपणन और मक्का जैसे पारंपरिक मोटे अनाज की मांग का उत्पादन, भंडारण क्षमता में सुधार, सुरक्षा जाल कार्यक्रमों को मजबूत करना, बाल आहार प्रथाओं में सुधार, खाद्य अनुपूरक कार्यक्रम, माँ और बच्चे की देखभाल के तरीके, मातृ एनीमिया को प्राथमिकता देना, एन्हांसिंग बर्बाद करने की व्यापकता, जल में सुधार, स्वच्छता और स्वच्छता प्रथाओं, लिंग मुद्दों, भोजन की खपत के पैटर्न और व्यवहार, भोजन और पोषण के विभिन्न स्तंभों के लिए प्रौद्योगिकी का अधिक से अधिक उपयोग से है।

केंद्र सरकार ने 26 मार्च 2020 को 1-7 लाख करोड़ प्रधानमंत्री गरीब कल्याण योजना (पीएम-जीकेवाई) राहत पैकेज के हिस्से के रूप में योजना की घोषणा की। यह योजना उपभोक्ता मामले, खाद्य और सार्वजनिक वितरण मंत्रालय (MCAFPD) के तहत खाद्य विभाग के सार्वजनिक वितरण विभाग (DOFPD) द्वारा संचालित है। इस योजना का उद्देश्य अंत्योदय योजना (AAY) के सभी लाभार्थियों को पर्याप्त खाद्यान्न उपलब्ध कराना है। राष्ट्रीय खाद्य सुरक्षा अधिनियम (एनएफएसए) के प्रावधानों के अनुसार लक्षित सार्वजनिक उपक्रम प्रणाली (टीपीडीएस) के अंतर्गत आने वाले राशन कार्ड धारकों को प्राथमिकता वाले घरेलू (PHH) राशन कार्ड धारक इस योजना के लाभार्थी होंगे।

वित्त मंत्री निर्मला सीतारमण ने 26 मार्च, 2020 को सीं 1.70 लाख करोड़ प्रधानमंत्री ग्रामीण कल्याण योजना के तहत महिलाओं, गरीब वरिष्ठ नागरिकों और किसानों को मुफ्त खाद्यान्न और नकद भुगतान की घोषणा की। इसके अलावा, इसके अलावा बताया गया कि 5 मई 2020 तक, विभिन्न राज्यों/केंद्र शासित प्रदेशों में 2.42 लाख मीट्रिक टन दालें भेजी जा चुकी थीं और वहाँ 5.2, 5.2 करोड़ घरेलू लाभार्थियों को वितरित किया गया था। राहत पैकेज के हिस्से के रूप में, सरकार ने उन प्रवासियों के लिए दो महीने की मुफ्त खाद्यान्न आपूर्ति की भी घोषणा की थी जो राष्ट्रीय खाद्य सुरक्षा अधिनियम के तहत शामिल नहीं थे या जिन्होंने राशन कार्ड धारण नहीं किया था। वित्त मंत्री निर्मला सीतारमण ने भारत में किए गए कदमों की घोषणा करते हुए कहा कि 26 जनवरी 2020 को 1.70 लाख करोड़ की प्रधानमंत्री ग्रामीण कल्याण योजना के तहत महिलाओं, गरीब वरिष्ठ नागरिकों और किसानों को मुफ्त खाद्यान्न और नकद भुगतान की घोषणा की गई। इसके अलावा, यह बताया गया कि 5 मई 2020 तक, 2.42 लाख मीट्रिक टन दालों को विभिन्न राज्यों/केंद्र शासित प्रदेशों में भेज दिया गया था और वहाँ 5.2, 5.2 करोड़ घरेलू लाभार्थियों को वितरित किया गया था। राहत पैकेज के हिस्से के रूप में, सरकार ने उन प्रवासियों के लिए दो महीने की मुफ्त खाद्यान्न आपूर्ति की भी घोषणा की थी जो राष्ट्रीय खाद्य सुरक्षा अधिनियम के तहत शामिल नहीं थे या जिन्होंने राशन कार्ड धारण नहीं किया था।

खाद्य सुरक्षा के संदर्भ में भारत के आंकड़े संतोषजनक नहीं है। लोकसभा में चर्चा के दौरान ये, 13 मार्च, को केंद्र सरकार ने स्वीकार किया कि राष्ट्रीय स्वास्थ्य सर्वेक्षण के अनुसार, 22-9% महिलाएं (15-49 वर्ष) कम वजन वाली हैं (बॉडी मास इंडेक्स <18-5 kg / m2) जो कि पिछले NFHS-3 के स्तर से घटकर 35-5% महिलाएं (15-49 वर्ष) हैं। कुपोषण का प्रचलन राज्यों और केंद्रशासित प्रदेशों में अलग-अलग है। राष्ट्रीय औसत से अधिक वजन वाले राज्यों और केंद्र शासित प्रदेशों में झारखंड, बिहार, दादरा और नगर हवेली, मध्य प्रदेश, गुजरात, राजस्थान, छत्तीसगढ़, ओडिशा, असम, उत्तर प्रदेश और महाराष्ट्र हैं। सरकार ने ये भी स्वीकारा कि कुपोषण एक

जटिल और बहुआयामी मुद्दा है, जो मुख्य रूप से गरीबी, पहुँच और उपलब्धता के मुद्दों, अपर्याप्त खाद्य वितरण, अनुचित मातृत्व शिशु और बच्चे को खिलाने और देखभाल प्रथाओं, असमानता और लिंग सहित कई सामान्य कारकों से प्रभावित है। असंतुलन, खराब स्वच्छता और पर्यावरण की स्थितिय और गुणवत्तापूर्ण स्वास्थ्य, शिक्षा और सामाजिक देखभाल सेवाओं तक सीमित पहुंच इसके प्रमुख कारण हैं।

कोरोना काल में दिए गए खाद्य सुरक्षा पैकेज और आवंटन की गई राशि को कुपोषण को तब तक नहीं मिटा सकती जब तक संसद में की गई इन विषयों पर की गई बहस को नीतिगत तरीके से लागू न किया जाए। सरकार ने कोरोना का हाल में लागू की गई खाद्य सुरक्षा नीतियों में खानापूर्ति की है। खाद्य सुरक्षा की पूर्ववर्ती नीति पर कोई ध्यान नहीं दिया। माना कि एक नीतियाँ अल्पकाल में बनाई गई हैं, परंतु जब विषय गंभीर हो तो नीतिगत विमर्श भी गंभीर होना चाहिए प्रधानमंत्री जन कल्याण योजना के लक्ष्यों को प्राप्त करने के सार्वजनिक नीति के नियमों और विनियमों का पालन करना आवश्यक था, जो कि हुआ नहीं फिर भी हम आशा करते हैं कि महामारी के इस दौर में सभी को पोषित भोजन का अधिकार मिले।

सार्वजनिक नीतियों का बदलता स्वरूप और प्रधानमंत्री मोदी की जनलोलुपता

किसी भी अर्थव्यवस्था में आर्थिक विकास और जनकल्याण इस बात पर भी निर्भर करता है कि उस राष्ट्र की सार्वजनिक नीतियां किस प्रकार की हैं और उनका अनुपालन कैसे किया गया है। यह कथन सभी प्रकार की अर्थव्यवस्थाओं के लिए समान रूप से लागू होता है। चाहे वो अर्थव्यवस्था अल्प विकसित हो, विकासशील या विकसित। नीतियों के निर्माण की प्रक्रिया में भिन्नतायें हो सकती हैं किंतु अर्थव्यवस्था में लागू की गई सार्वजनिक नीतियों का स्वरूप कैसा है? इसका निर्धारण देश की नीति नियामक संस्थाओं और विभिन्न स्तर की सरकारों द्वारा किया जाता है।

भारतीय अर्थव्यवस्था के संदर्भ में भी यह कथन सार्वभौमिक सत्य है। ऐतिहासिक अवलोकन करने पर ज्ञात होता है, कि भारत में स्वतंत्रता प्राप्ति के पश्चात आयोजन की जो पद्धति अपनाई गई थी वो एक साम्यवादी समाज की परिकल्पना पर आधारित थी और इसलिए भारत के योजना काल के प्रारंभिक दिनों में हमें समाजवादी सामाजिक नीतियां देखने को मिलती हैं। भारत के पहले प्रधानमंत्री जवाहर लाल नेहरु जी का यह मानना था कि ‘‘भारत की प्रगति समृद्धि तथा इसका स्तर ऊपर उठाने के लिए हम समाजवादी समाज की स्थापना करना चाहते हैं इसमें हमारी दृढ़ता में कोई कमी नहीं है। लेकिन हम अन्मय यामताग्रही किस्म का समाजवाद नहीं लाना चाहते हैं।’’ यह कथन नेहरु जी ने तृतीय पंचवर्षीय योजना के प्रारूप में बहस के दौरान 1960 में दिया था।

भारत ने अपने आरंभिक योजना काल में जन उन्मुख और संरचनात्मक हस्तक्षेप के सिद्धांतों को अपनी नीतियों में स्थान दिया था और लगभग 3 दशकों तक सार्वजनिक नीतियां मूल प्रकार नियामक प्रकार और वितरणात्मक प्रकार की थी। इन तीनों ही प्रकार की नीतियों का उद्देश्य योजना के उद्देश्यों से एक समन्वय बनाने में मदद करना था जिससे आर्थिक वृद्धि के साथ सामाजिक कल्याण भी प्राप्त किया जा सकें। उदाहरण

के तौर पर 1953 में किया गया एयर इंडिया का राष्ट्रीयकरण, वर्ष 1956 में किया गया जीवन बीमा का राष्ट्रीयकरण, 1951 में वित्त आयोग की स्थापना भारतीय भंडारण निगम 1956 की स्थापना 1969 मैं बैंकों का राष्ट्रीयकरण तथा बंधुआ मजदूर उन्मूलन तथा नियम 1976। कहने का अर्थ यह है कि वर्ष 1950 से लेकर 1980 तक का भारत का योजना काल सार्वजनिक नीतियों की सर्व सामान्य स्वीकार्यता को दर्शाता है। किंतु इसमें राजनीतिक विचारधारा को उतना महत्व नहीं दिया गया जितना राजनीतिक आलोचक समझते हैं नेहरू से इंदिरा तक का प्रधानमंत्रीत्व काल उच्च कोटि की सामाजिक नीतियों के निर्माण का काल है। यद्यपि नीतियों के क्रियान्वयन में निचले स्तर पर भारी भ्रष्टाचार दृष्टिगत होता है किन्तु फिर भी हम इन नीतियों के सामाजिक पक्ष की गहराई और उसके संतुलित प्रभाव की अनदेखी नहीं कर सकते।

देश में केंद्रीय सत्ता के परिवर्तन और क्षेत्रीय दलों के उभार के कारण अगले दो दशक की नीतियां जन उन्मुख ना रहकर उद्योग-मुखी हो जाती हैं और इनमें जनकल्याण का पुट कम रह जाता है। उदाहरण के तौर पर 1985 का औद्योगिक कंपनी अधिनियम, विनिवेश अधिनियम 1991 राष्ट्रीय राजमार्ग प्राधिकरण अधिनियम 1988 भारतीय प्रतिभूति अधिनियम 1992 और विनिमय अधिनियम 1991 शामिल है। इन दो दशकों में नीतियों को अधिकांश स्वरूप नियामक और पूंजीकरण प्रकार से बनाया गया है। इसी दशक में भारत में सार्वजनिक नीतियों के सौदा कारी विचार का भी उदय हुआ। इस दशक की सार्वजनिक नीतियां राजनीतिक पूर्वाग्रह से प्रभावित थी। और इनमें संरचनात्मक हस्तक्षेप के साथ व्यवस्था परिवर्तन भी हुआ। नीतियों के निर्माण में भी लोकतांत्रिक तर्क शीलता की कमी भी सामने आयी। वाशिंगटन सम्मेलन के सुझावों को आधार मानते हुए दशक की नीतियां आर्थिक वृद्धि के टपकन के सिद्ध ांत को ध्यान में रखकर बनाई गई थी। भूमंडलीकरण के दशक कि यह नीतियां वास्तव में रोजगारविहीन वृद्धि, आधार-विहीन वृद्धि और वाणी विहीन वृद्धि और क्रूर वृद्धि की अवधारणाओं को जन्म देती हैं। दूसरे शब्दों में जहां 3 दशक की नीतियां चाहे वह मूल प्रकार की या विवरणात्मक जन केंद्रीय थी किंतु

उदारीकरण के बाद भी नीतियां पूर्णतया बाजार उन्मुख थी। सन् 2000 के बाद भारत में नीतियों के निर्माण में एक द्वैतवाद दिखाई देता है। जहां एक ओर अधिकार आधारित सामाजिक नीतियां बनाई गई उद्योग-उन्मुख पूंजीवादी नीतियां बनाई गई उदाहरण के तौर पर यह राष्ट्रीय खाद्य सुरक्षा अधिनियम 2013 महात्मा गांधी राष्ट्रीय रोजगार गारंटी योजना 2005 प्रधानमंत्री जनधन योजना 2014 वस्तु और सेवा कर अधिनियम 2017 वर्तमान मोदी सरकार ने जो जन उन्मुख मूल प्रकार की जो सार्वजनिक नीतियां बनाई हैं वास्तविक तौर यह नीतियां किसी राजनीतिक छिपे हुए एजेंटों जैसी लगती हैं। इन नीतियों में विधि करण की प्रक्रिया, हित धारकों के विचारों को सम्मिलित करने की प्रक्रिया, सामान दृष्टिकोण के सम्मान देने की प्रक्रिया और विभिन्न बहुलतावादी सिद्धांतों को प्राथमिकता देने की प्रक्रिया का एक प्रकार से संवैधानिक उल्लंघन हुआ है। यह नीतियां क्रोनी कैपिटलिज्म बढ़ावा ही देंगी। चाहे वह दिखने में जन उन्मुख क्यों ना हो? इसका कारण प्रधानमंत्री मोदी का जनलोलुप होना है, जहां उनके सारे नीतिगत निर्णय जनता की भावनाओं को उद्वेलित कर के लिए जाते हैं तर्कशीलता के आधार पर नहीं। अंग्रेजी भाषा में इसे ''डेमोगोगिक'' कहते है। केंद्रीय सत्ता के प्रतिनिधि का जन लोलुप होना देश की बहुलतावादी संस्कृति के लिए बहुत बड़ा खतरा है। उदाहरण के लिए नीतियों के विज्ञापन पर किए जाने वाला भारी खर्च और उन नीतियों को एक विशेष बहुसंख्यक समाज से जोड़ना, एक विशेष वर्ग को उन नीतियों के लाभ से वंचित कर देगा और उनके अंदर एक भय पैदा करेगा। प्रधानमंत्री मोदी की जन्म मुखी नीतियां वास्तव में विघटनकारी प्रगति की हैं, क्योंकि उनका अंतिम उद्देश्य जन लोलुपता और ध्रुवीकरण के माध्यम से सत्ता हथियाना है ना कि जन कल्याण। वैचारिक मत विभिन्ताओं और लोकतांत्रिक प्रर्किया में इस प्रकार की जनलोलुपता सरकारों के तर्कहीन होने का प्रमाण है। उदाहरण के लिए, नई शिक्षा नीति में स्पष्ट रूप से संसदीय बहसों से उपजे किसी भी अलग मत या विचारधारा के सुझावों को स्थान नहीं दिया गया है। वैचारिक मत विभिन्ताओं और लोकतांत्रिक प्रर्किया में इस प्रकार की जनलोलुपता का होना सरकारों के तर्कहीन होने का प्रमाण है। लेकिन जनलोलुपता

के लिए इसे भाषा के सवाल से जोड़ा जा रहा है। भाषाओं का संरक्षण और ज्ञान का विकेन्द्रीकरण आवश्यक है, किंतु हिंदुत्व और और कोरे राष्ट्रवाद की चासनी अपने जनप्रिय भाषणों में परोसने वाले प्रधानमंत्री मोदी इसे नहीं समझ सकेंगें। क्योंकि जनलोलुपता ही उनकी जनप्रियता का आधार है और इसका दुष्परिणाम सार्वजनिक नीतियों की असफलता के रूप में आएगा।

'अटल लोकतंत्र' और 'अटल विचार': एक लोकतांत्रिक श्रद्धांजलि

वर्ष 2018 की अगस्त की 16 तारीख भारत के इतिहास मे एक दुखद स्थान रखती है। भारत के राष्ट्रीय राजनीति के पितामह कहे जाने वाले महान नेता, प्रखर वक्ता, पत्रकार, भारत रत्न अटल बिहारी वाजपेई ने नश्वर शरीर का त्याग किया था। उनके निधन के पश्चात कोई विरला ही होगा, जो शोक संतृप्त ना हुआ हो। उनके धुर विरोधी भी उनकी अंतिम यात्रा में नम आँखों के साथ सम्मिलित हुए थे। आज अटल जी गए 2 साल हो चुके हैं, किंतु उनके व्यक्तित्व, कृतित्व और उनके राजनैतिक योगदान पर अभी भी नवीन दृष्टिकोण से चिंतन किया जा सकता है।

वाजपेई जी की राष्ट्रीय राजनीति में भूमिका को नए आयामों से समझा जा सकता है। जहां दक्षिणपंथी विचारकों के लिए वे 'राष्ट्रवाद' और हिंदुत्व के पुरोधा था। वहीं दूसरी ओर वामपंथी विचारधारा के 'नरम हिंदुत्व' का चेहरा लिए एक 'मुखौटा' थे। राजनीतिक और आर्थिक विचारकों के लिए उनकी राजनीति 'गांधीवादी समाजवाद' से प्रभावित थी। तो विदेश नीति पर विद्वानों ने उन्हें 'नया नेहरूवादी' कहा है। साहित्य के कुछ पंडित उन्हें एक कुशल और भावुक कवि की संज्ञा देते हैं, जो कि उनकी राजनैतिक वैचारिकी और से बहुत ज्यादा अलग है। वाजपेई जी एक जन प्रतिनिधि के तौर पर भी आज के नेताओं के लिए आदर्श साबित हो सकते हैं। उन्होंने राजनीति के उथल पुथल और भ्रष्ट दौर में भी वह सर्वश्रेष्ठ सांसद का पुरस्कार जीता था। हिंदी और हिंदीवादी हिंदू राष्ट्रवाद की अवधारणा पर भरोसा करने के बाद भी वे कई सेकुलर और क्षेत्रीय दलों के लिए स्वीकार थे।

वर्ष 1990 से 1996 तक, जब भारतीय जनता पार्टी कई राजनीतिक दलों के लिए उसके उग्र हिंदुत्व के कारण अछूत थी, तब वाजपेई जी ने वर्ष 1998 और 99 में विरोधी विचारधारा वाले दलों को लेकर एक स्थाई सरकार बनाई और गठबंधन की राजनीति को एक नया आयाम दिया। भारतीय राजनीति में जब भारतीय जनता पार्टी को पंथनिरपेक्ष दलों ने

राजनीतिक मान्यता नहीं दी, तब अटल जी ने फारूक अब्दुल्ला के साथ गठन करके अल्पसंख्यकों के मन में भी एक नरम रवैया तैयार करने में सहायता प्रदान की। अटल जी कई सामाजिक और राजनीतिक आंदोलनों से भी जुड़े रहे। राष्ट्र धर्म, स्वदेश और वीर अर्जुन नामक पत्रिकाओं का संपादन भी करते थे। उन्होंने संघ में रहते हुए भी उग्र राष्ट्रवाद का समर्थन नहीं किया। राजनीति के पंडित उन्हें 'नई सोच का नेहरूवादी' भी कहते थे। लगभग 50 दशकों के संसदीय और राजनीतिक जीवन में उन्होंने भारतीय राजनीति की कई उतार चढ़ावों का सामना किया और स्वयं इन उतार-चढ़ाव के परिणामों के साक्षी बने। वे जनसंघ के संस्थापक सदस्यों में थे, आपातकाल में अपने प्रिय साथी एल के आडवाणी के सहभागी थे और राष्ट्र जन्मभूमि आंदोलन के अग्रणी नेताओं में थे। उन्होंने वर्ष 2002 के गोधरा दंगों के समय 'मोदी' को राजधर्म निभाने की सलाह दी थी। उनके ही प्रधानमंत्री काल में भारत ने पाकिस्तान के साथ कारगिल युद्ध किया और विजय प्राप्त की। अमेरिका द्वारा भारत पर प्रतिबंध लगाने पर भी वे विचलित नहीं हुए और भारत को परमाणु शक्ति बनने में एक नया आयाम प्रदान किया।

अटल बिहारी वाजपेई ने हिंदी को जनमानस की भाषा और राजनीतिक समाज की भाषा बनाने में अतुलनीय योगदान दिया। वे विरले बौद्धिक चिंतकों में से थे, जिन्होंने भारत का नेतृत्व करते हुए सयुंक्त राष्ट्र संघ में हिंदी में भाषण दिया। अटल जी की इस वाचन परम्परा को उनके बाद उनके कई कनिष्ठों ने हृदय से अपनाया। सुषमा स्वराज भी अटल की शैली की वचन परंपरा की वक्ता थी। अटल बिहारी बाजपेई ने क्षेत्रीय राजनीति से प्रारंभ करके राष्ट्रीय राजनीति राजनीति में एक नया कीर्तिमान स्थापित किया। वे हिंदी पट्टी के पट्टी के अकेले ऐसे जन नेता थे, जो उत्तर से दक्षिण भारत तथा पूर्व से पश्चिम भारत तक आदरणीय स्थान रखते थे। वह गुजरात से राज्यसभा पहुंचे, उत्तर प्रदेश मध्य प्रदेश और दिल्ली से लोकसभा का प्रतिनिधित्व किया और उन्होंने अपने अपने युवा काल में बंगाल के कम्युनिस्टों के साथ भी काम किया।

अटल ने कभी भी सत्ता के मोह में राजनीतिक नैतिकता से समझौता नहीं किया, चाहे वो वर्ष 1996 में उनकी तरह दिन की सरकार रही हो या फिर वर्ष 1999 में 12 महीने

की सरकार। राजनीतिक विरोध को उन्होंने कभी भी व्यक्तिगत विरोध नहीं बनने दिया। संसद की कई ऐसी घटनाएं हैं जब, सरकर से नाराज विपक्षी सांसद अटल से मिलकर आते तो चेहरे पर हास्य और संतुष्टि लेकर आते थे। वे विनोदपूर्ण राजनैतिक विरोध के एक सर्वमान्य प्रतिमान थे। वर्ष 1999 में राष्ट्रीय जनतांत्रिक गठबंधन की सरकार जब जयललिता द्वारा गिरा दी गई, तब भी वे व्यक्तिगत तौर पर उनके खिलाफ नहीं गए। उनका संसद में दिया गया वर्ष 1996 का भाषण आज भी राजनीतिक शुचिता की एक अमिट पहचान है। जिसमें उन्होंने कहा ''सरकारें आएंगी जाएंगी लेकिन यह देश रहना चाहिए यह लोकतंत्र रहना चाहिए''। अटल के अनुयायियों को उनकी इस बात का ख्याल रखना चाहिए। गठबंधन की राजनीति में उन्होंने 'आया राम गया राम', खरीद फरोख्त और जोड़-तोड़ को कभी भी प्राथमिकता नहीं दी। अपनी इसी राजनीतिक शुचिता के कारण अटल 'भारत रत्न' अटल बने। आज भारतीय जनता पार्टी और अन्य दलों को सत्ता हथियाने के लिए जिस तरीके के राजनीतिक अपवित्र साधनों का इस्तेमाल करना पड़ता है, अटल जी के रहते हुए यह कभी संभव नहीं हो सकता था। इससे अटल जी की राजनीतिक विरासत को खतरा है। सबको साथ लेकर चलना और विरोधियों को भी चातुर्य से विनोद पूर्ण, उत्तर देना ही राजनीति की असली पहचान है। हम आशा कर सकते हैं कि दलगत राजनीति से ऊपर उठकर सभी राजनेता 'गांधीवादी समाजवादी' सोच की उनकी राजनीतिक विरासत को संजो कर रखेंगे और उन्हें सच्ची लोकतांत्रिक श्रद्धांजलि देंगे।

गिरती जी. डी. पी., महामारी के दौर का अनर्थशास्त्र और गांधी का चिंतन

सोशल मीडिया में आजकल कुछ तथाकथित विद्वान जी डी पी के गिरने पर इसे मोदी का अनर्थशास्त्र कह रहे हैं, किन्तु ये जी डी पी का गिरना अनर्थशास्त्र का प्रथम प्रवेश नहीं है। आज से 100 वर्ष पहले ही आधुनिक सभ्यता के अहिंसा के नायक गांधी जी इसे पहचान चुके थे। किन्तु गांधी का अनर्थशास्त्र ''मोदी के वर्तमान अनर्थशास्त्र से भिन्न है और चिंतन की एक अलग धारा है।'' आइये समझते हैं।

क्या गांधी के विचारों पर केवल विमर्श किया जा सकता है आत्मसात नहीं किया जा सकता, यह प्रश्न आज के समय में जितना प्रासंगिक है उतना ही गांधी के समय में भी था वर्तमान समय में जिन आर्थिक एवं सामजिक अलगावों से मनुष्य जूझ रहा है उसका चिंतन गांधी के दर्शन में पहले से ही मौजूद है। गांधी ने अनायास ही अपनी कालजयी रचना हिन्द स्वराज में पाश्चात्य सभ्यता शैतानी सभ्यता नहीं कहा था। उनका यह दृष्टिकोण कहीं न कहीं आने वाले युगों को अनैतिक संभ्यता के प्रति सावधान करने के लि था। लेकिन गांधी केवल शब्दों का जाल बुनने वाले एक आदर्शात्मक लेखक और चिंतक नहीं थे। वे अपने चिंतन की विशिष्ट अहिंसक धारा को जीते भी थे और शायद इसीलिये वे उस युग में जब समूचा विश्व पश्चिम के भोगवादी विकास मॉडल के मोहपाश में फंसा हुआ था, उन्होंने सम्पूर्ण विश्व को अहिंसक जीवन शैली के माध्यम से एक समता आधारित समाज निर्माण का सपना दिखाया। उन्होंने संभ्यता के प्रश्न की व्याख्या करते हुए पश्चिम के आर्थिक चितंन को अनर्थशास्त्र की संज्ञा दी थी पर विडम्बना यह है कि गांधी के इस अनर्थशास्त्र के गूढ़ रहस्य को समकालीन आर्थिक चिंतक न समझ सके और उसे हाशिये पर धकेल दिया परिणाम यह हुआ कि आजादी के छः दशकों के बाद भी हम 20 वीं सदी की की आर्थिक व्याधियों का उन्मूलन नहीं कर पाए हैं। तो क्या गांधी की प्रासंगिकता को केवल उनके संभ्यता के प्रति दृष्टिकोण से समझा सकता है एक बात जो उल्लेखनीय है कि, गांधी की इस आर्थिक चिंतन धारा को विनोबा और जे सी कुमारप्पा ने समझा और कई सामाजिक और दैनिक कार्यों में अपनाया और सफलता भी

अर्जित की विनोबा का भूदान आंदोलन इसका सर्वोत्तम उदाहरण है किन्तु गंभीर प्रश्न यह है कि जबकि गांधी के आर्थिक और सामाजिक दर्शन के सफल प्रयोग हमारे सामने हैं तो फिर क्यों भारतवर्ष ने गांधी के अंहिसक अर्थशास्त्र के बजाय अनर्थशास्त्र की व्याधियों को स्वीकार कर लिया। स्वतत्रंता प्राप्ति के पश्चात गांधी के विचारों पर विमर्श तो हुए लेकिन वे विमर्श चौराहों पर लगी मूर्तियों और अकादमिक ग्रन्थों के तौर पर पुस्तकालयों की शोभा बढ़ाते रहे और उन विचारों को जनमानस से दूर ही रखा गया जबकि नितांत आवश्यकता यह थी कि संभ्यता के प्रति उस विचार को जनांदोलन बना दिया जाए वास्तव में गांधी के विचार का प्रथम अनुपालन व्यक्तिगत स्तर से ही शुरू होता है, जहां आवश्क्ताओं को न्यूनतम करने की आवश्यकता होती है, ये सोच अर्थव्यवस्था को सत्याग्रह, न्यासिता, श्रम की महत्ता, अपरिग्रह और विकेन्द्रीकरण से मिलती है और ये सब मिलाकर एक अहिंसक चक्र का निर्माण करते हैं, ये सारे घटको में एक भी घटक का विचलन अर्थशास्त्र को हिंसक बना देता है और अनर्थशास्त्र का भयानक चेहरा सामने आता है जहां व्यकित न केवल स्वयम् के बल्कि सामजिक अलगाव में फंस जाता है वृध्दि तो होती है पर मानव का नैतिक पतन हो जाता है और समाज में संघर्ष और असमानताएं बढ़ती है, उत्पादन के साधनों पर पूंजीवादी शक्तियों का कब्जा हो जाता है और मशीन आधारित उत्पादन व्यवस्था में श्रम का शोषण प्रारम्भ हो जाता है और ऐसा लोकतांत्रिक देशों में भी हो सकता है। गांधी का यह स्पष्ट मानना था केंद्रीकृत उत्पादन व्यव्यस्था और लोकतंत्र साथ साथ नहीं चल सकते और और गांधी ने संभ्यता के प्रश्न की व्याख्या इस आधार पर भी की है।

अनर्थशास्त्र! कुछ लोग यह प्रश्न पूछ सकते हैं कि ये क्या बला है, भला कोई एक स्थापित विषय का ऐसा नामकरण कैसे कर सकता है? अर्थशास्त्र के चिंतन से ये अनर्थशास्त्र का बीज कहाँ से गया? अकादमिक जगत के आर्थिक बौध्दिकों को ये बात ज्यादा अखर सकती है और वे अपने चिंतन की भिन्न धारा के माध्यम से इस नामकरण या यू कहें इस व्यांग्यात्मक विरोध के लिए असहमति जता सकते हैं तो हम उसे सहर्ष स्वीकार करने को तैयार हैं। वैसे जिन लोगों को लगता है कि ये प्रथम प्रवेश में ये शब्द हमने प्रयोग किया है तो वे भृम में

हैं, चौर्य विद्या का भरपूर इस्तेमाल करते हुए ये शब्द महात्मा जी के चिंतन से उड़ाया है चलिए पाठकों दूसरा भृम भी दूर किये देते हैं जो लोग ये समझ रहे हैं कि वे एक अकादमिक शोध युक्त अध्ययन करने जा रहे हैं, तो ये उनके आशाओं पर कुठाराघात कर सकता है वास्तव में ये अकादमिक में सामाजिक विज्ञान के चिंतन के संदर्भ में एक पूर्ण गप्प और व्यंग्य है। वर्तमान की आर्थिक समस्यायों को गांधी के विचारों चश्मे से देखने का एक प्रयास भी भले ही वो चश्मा आज कुछ धुंधलापन लिए हो पर उसकी प्रमाणिकता और रोशनी आज भी उतनी ही उज्जवल है। हम अनर्थशास्त्र को परिभाषित करने के लिए मुख्यतः आपका ध्यान तीन बिंदुओं की ओर ले जाना चाहते हैं, प्रथम यह कि अनर्थशास्त्र की परिभाषा अर्थशास्त्र की परिभाषा के बिलकुल विपरीत नहीं है और न ही अर्थशास्त्र की किसी परिभाषा को अपना समर्थन प्रदान करती है। दूसरा यह है कि इस अनर्थशास्त्र का किसी भी अकादमिक शोध और कार्य से कुछ भी लेना देना नहीं है। तीसरा और सबसे महत्वपूर्ण बिंदु यह है कि अनर्थशास्त्र का यह पहलू केवल गांधी जी के धुंधले चश्मे को ही प्रथम बार नजर आया तो इसका अर्थ यह है कि गांधी के विचार अनर्थशास्त्र के कई पहलुओं की व्याख्या करते हैं अनर्थशास्त्र की आर्थिक अवधारणा एक जटिल प्रक्रिया है, इस अवधारणा की व्याख्या को अहिन्सा के चश्मे से देखा और समझा जा सकता है। विचारणीय बात यह है कि गांधी ने हमें जिन अंर्थशाष्त्र की कुरीतियों के खिलाफ चेताया था, हमारे नीति नियंताओं ने विकेन्द्रित सोच की तिलांजली देकर समाज को इन कुरीतियों के जाल में फंसा दिया है। कोई भी अर्थशास्त्र जो मानव जाति के समता मूलक कल्याण की अवलेना करता है वह एक हिंसक प्रवत्ति का परिचायक है। गांधी को स्मरण करने के लिए हमें उनकी प्रतिमाओं पर माला चढ़ाने की अपेक्षा उनके विचारों को प्रायोगिक रूप में अपनाना होगा तभी जाकर हम गांधी के नैतिक अर्थशास्त्र के उच्चतम पहलुओं को प्राप्त कर सकेंगें। वास्तव में हमें आर्थिक सुधारों की अपेक्षा आर्थिक चिन्तन में सुधार की आवयश्कता है महान गांधीवादी विचारक जे सी कुमारप्पा के स्थायी आर्थिक सिद्धान्तों पर भी पुनः मनन चिंतन की जरुरत है उन्हीं के शब्दों में "विकेन्द्रीकृत ग्राम आधारित सामुदायिक उत्पादन पद्धति ही एक समता मुलक सामजिक व्यवस्था का निर्माण कर सकती है और ये भी एक

संयोग ही है कि दोनों महान आर्थिक चिंतकों गांधी और कुमारप्पा की पुण्यतिथि भी एक है।" नीति निर्माता शायद थोड़ा ध्यान भी कुमारप्पा और गांधी के प्रायोगिक और रचनात्मक विचारों की ओर दे दें, तो असमानता के भयावह कैंसर से आर्थिक जगत को मुक्ति मिले। बशर्ते विचार पुस्तकालयों में शोभित न हो अपितु जनमानस में एक क्रांतिकारी विचार का रूप ले लें। महामारी के दौर में एक अंहिसक सभ्यता को पाने के लिए महत्वपूर्ण कदम होगा।

नई शिक्षा नीति में बहुभाषावाद

नयी शिक्षा नीति में कई बिंदुओं पर गहन विचार विमर्श किया जा सकता है, उनमे से एक विषय बहुभाषावाद और भाषा की शक्ति से संबंधित है। शिक्षा नीति में इस बात पर विशेष बल दिया गया है कि विद्यार्थियों को प्राथमिक शिक्षा उनकी मातृ भाषा में प्रदान की जाये। इसके पीछे का तर्क ज्ञान और नवाचार के सृजन से जुड़ा है। दूसरा कारण उनके सीखने की क्षमता और अधिगम से संबंधित है। ऐसा तर्क दिया गया है कि संज्ञानात्मक अभिरुचि के विस्तार के लिए मातृ भाषा को शिक्षा का माध्यम बनाया जाना एक आवयश्यक शर्त है। न केवल प्राथमिक स्तर अपितु माध्यमिक और उच्च स्तर पर भी ज्ञान की नवीनता और शोध की दक्षता के लिए गुणवत्तापूर्ण विभिन्न विषयों के अनुवाद को बढ़ावा देने की बात की गई है। सैद्धांतिक तौर पर ये विचार आकर्षण से भरा हुआ प्रतीत होता है। लेकिन क्या ये विचार प्रायोगिक रूप में सफल होगा, ये यक्ष प्रश्न हमारे सामने खड़ा हुआ है। इसका एक संदर्भ भाषा के अर्थशास्त्र से जुड़ा हुआ है। किसी भी राष्ट्र की आने वाले प्रगति उसकी शिक्षा नीति पर निर्भर करती है। पूर्ववर्ती शिक्षा नीतियों और योजनाओं में भाषा के अर्थशास्त्र के इस चक्र की ओर विचारकों ने कम ही ध्यान दिया है किंतु अब समय आ गया है कि इस ओर भी ध्यान दिया जाये।

भाषा का भी अपना एक अर्थशास्त्र होता है। इसके बीच के संबंध को समझने के लिए आर्थिक असामानताओं के कारण को भी समझना होगा। आज जबकि दुनिया की कई बोलियां और भाषायें विलुप्त होने के कगार पर हैं, विषय पर चर्चा करना आवश्यक है। दुनिया के कई देशों के पिछड़ेपन और असमानताओं के चक्र में फंसें होने के कारण दुनिया पर अंग्रेजी का एकाधिकार होना भी है। भाषा केवल सम्प्रेषण का माध्यम नहीं है, मात्र सम्पर्क, शिक्षा और विकास का माध्यम नहीं है। भाषा सांस्कृतिक एवं राष्ट्रीय मूल्यों का एक कोश भी है। ये कोश उस ज्ञान का सृजन और नवाचार करते हैं जो आगे चलकर देश के सतत विकास में योगदान देता है। दुनिया को आर्थिक विषमता से बचाने के लिए आवश्यकता केवल इसकी नहीं है कई कि मातृ भाषा के महत्व को समझा जाए। उसके संरक्षण के

लिए भी सतत प्रयास होने चाहिए। जो विकास मॉडल अपने देश की सांस्कृतिक और अमूल्य धरोहर भाषाओं को खो देता है उसे भाषायी गुलामी का सामना करना पड़ता है। भाषाओं का विलुप्त होना सतत विकास की अवधारणाओं के विपरीत है। वर्ष 1961 के जनगणना के अनुसार भारत में 1652 भाषाएँ थी जो, 1971 में 808 रह गई। वर्ष 2013 तक आते आते यह संख्यां मात्र 780 रह गई। पिछले 50 वर्षों में अकेले भारत में 220 भाषाएँ विलुप्त हो चुकी हैं और लगभग 200 भाषाओ का अस्तित्व खतरे में हैं। भाषाओं का संरक्षण सतत विकास के लक्ष्यों में शामिल होना चाहिए। महान भारतीय वैज्ञानिक सी वी श्रीनाथ के एक शोध ने बताया था कि अंग्रेजी माध्यम से अभियांत्रिकी का अध्ययन करने वाले छात्रों की तुलना में भारतीय भाषाओं के माध्यम से पढ़े छात्र कहीं अधिक उत्तम अनुसंधान करते हैं। एक शोध के अनुसार उन देशों को अधिक नोबेल प्राप्त होते हैं जो अपनी मातृ भाषा में चिंतन सृजन करते हैं और आगे चलकर यही शोध नवाचार और उधमिता को बढ़ावा देते हैं। अगर हमें आगे बढ़ना है तो अंग्रेजी के माया जाल से विश्वविद्यालयों और उच्च शिक्षा संस्थानों को निकालना ही होगा। सवाल के विकास और विषमता का भी नहीं सवाल अस्मिता का भी है। हमें समावेशी विकास की अवधारणा में भाषाओं और बोलियों का पतन नहीं चाहिए। ये बोलियां और भाषाएँ केवल साहित्य के लिए अपितु अस्मिता पूर्ण विकास के लिए एक आवश्यक शर्त है। मरती हुई भाषाओं का देश विकास नहीं विनाश करता है, विनाश उन पारम्परिक मूल्यों का जो लाखों समुदाय की बोलियों को बचाने से ही होगा। क्योंकि भाषाओं का विलुप्त होना एक प्रकार से देश की आत्मा का मर जाना है। क्या हम विकास मॉडल को अपनायेगें जो उनसे उनकी मातृ भाषा बोलने का भी अधिकार छीन ले ?

अँग्रेजी बोलने वाले बौद्धिक अपंगों की एक पूरी सेना हमने इतने वर्षों में खड़ी कर दी है, सवाल भाषा की श्रेष्ठता का नहीं, ज्ञान के संरक्षण और विमर्श का है। क्षेत्रीय और हिंदी भाषा पर गांधी का चिंतन भी ज्ञान के विकेन्द्रीकरण से है। लोहिया ने कहा था "अर्थव्यवस्था में एक माध्यम के तौर पर अंग्रेजी का प्रयोग काम की उत्पादकता को घटाता है। शिक्षा में सीखने को कम करता है और रिसर्च को लगभग खत्म कर

देता है, प्रशासन में क्षमता को घटाता है और असमानता तथा भ्रष्टाचार को बढ़ाता है।'' अंग्रेजी भाषा ज्ञान के एकाधिकार को बढ़ावा देती है। अंग्रेजी से मेरा विरोध नहीं, विरोध इसके कारण होने वाले आर्थिक संकेन्द्रण से है। अंग्रेजी बोलने वाला वर्ग शासकीय और पूंजीवादी गुलामी के पैदा होता है और हिंदी बोलना वाला वर्ग इस वर्ग के गुलामी के लिए।

नई शिक्षा नीति 2020 में शामिल बहुभाषावाद का मुद्दा सतही तौर पर ज्ञान का केन्द्रीकरण ही है, इससे जन मानस के मध्य उपजी हुई आर्थिक विषमता की खाई को पाटा नहीं जा सकता। बहुभाषावाद का राजनीतिक अर्थों में प्रयोग केवल राष्ट्रवाद की हिंसक परिकल्पना को बढ़ावा देने से है। यदि वास्तव में बहुभाषावाद को आर्थिक प्रगति और भाषा के अर्थशास्त्र से जोड़ना है तो उसके लिए गांधी, विनोबा और लोहिया के भाषा विमर्श को समझना होगा। बिना ज्ञान के विकेन्द्रीकरण और ग्राम विश्वविद्यालों की स्वायत्त स्थापना के ये विचार केवल सैद्धांतिक तौर पर ही अच्छा लगता है। एक समावेशी शैक्षिक नीति में बहुभाषावाद का उद्देश्य एक अहिंसक सामाजिक आर्थिक चक्र का निर्माण करना होना चाहिए। नई शिक्षा नीति इस संदर्भ में संशयों से परिपूर्ण है। अहिंसक आर्थिक समाज की स्थापना के लिए गांधी के उस कथन का भी स्मरण रहना चाहिए ''कतार में खड़े अंतिम व्यक्ति को सबसे पहले दो।'' पर पहले क्या? भाषायी असमानता से जन्मी आर्थिक असमानता या आर्थिक असमानता से जन्मी निराशा को दूर करने के लिए बहुभाषावाद की घुट्टी, जो कोरे राष्ट्रवाद की चासनी में लिपटी हुई हो।

नेहरू, प्रेस और आजादी : हमें क्या सीखना चाहिए?

आजादी की 74 वीं वर्षगांठ पर आज जब लोकतंत्र के चौथे स्तब्ध मीडिया की भूमिका पर कई तरह के प्रश्न चिन्ह लग रहे हैं? और प्रिंट और इलेक्ट्रॉनिक मीडिया के अलावा सोशल मीडिया भी विचारों की अभिव्यक्ति में एक महत्ती भूमिका निभा रहा है, हमें स्वंतंत्र भारत के महान राष्ट्र निर्माता और देश के प्रथम प्रधानमंत्री जवाहर लाल नेहरू के विचारों और उनके कथनों को जरूर समझना और पढ़ना चाहिए। ये लेख नेहरू जी द्वारा प्रेस की आजादी पर कह गए कुछ महत्वपूर्ण सूक्त वाक्यों का एक सूक्ष्म विश्लेषण और संकलन है।

भूख और स्वतंत्रता :

नेहरू का स्पष्टः तौर पर मानना था कि भूखे पेट आजादी का कोई औचित्य नहीं है यही कारण है कि उन्होंने गरीबी उन्मूलन को पंचवर्षीय योजनाओं में प्राथमिकता दी थी। आज सतत विकास लक्ष्यों में गरीबी उन्मूलन और व्यक्तिगत आजादी दोनों शामिल हैं।

''जीवन की स्वतंत्रता किसी भी अन्य प्रकार की स्वतंत्रता की अपेक्षा बहुत जरूरी है गरीबी या अन्य कारणों से अच्छा जीवन बिताने की क्षमता ना हो तो अन्य प्रकार की स्वतंत्रता निरर्थक हैं। भूखा आदमी स्वतंत्र नहीं हो सकता कोई सब महान दार्शनिक ही भूखा रहकर भी स्वतंत्रता और अभिव्यक्ति के अधिकार की बात सोच सकता है सामान्यतः भूखा आदमी भोजन की बात सोचता है ना कि अभिव्यक्ति की स्वतंत्रता की पता कोई देश विकसित है या अपेक्षित इसके अनुसार समस्या के आकार और रूप में कोई फर्क पड़ता जाता है''

विज्ञापन और स्वतंत्रता :

गांधी की तरह वे भी अखबारों में विज्ञापनों की भरमार के धुर विरोधी रहे। उनका मानना रहा कि विज्ञापनों से पत्रकारिता की मूल आत्मा ही मर जाती है।

''जनमाध्यम के उपयोग बहुत कुछ लोगों की दशा और उनके आर्थिक विकास और शैक्षणिक अवस्था पर निर्भर होता

है। एक अच्छे माध्यम का भी बहुत पूरे उद्देश्यों की प्राप्ति के लिए उपयोग किया जा सकता है हाल में एक प्रश्न उठा कि विज्ञापन के माध्यम का लोगों के दिमाग का वृक्ष विकृत करने के लिए उपयोग किया जाना उचित है या नहीं। जनमाध्यम उपयोगी होने के साथ-साथ खतरनाक विच्छेद हो सकते हैं क्योंकि निजी लाभ के लिए उनका दुरूपयोग किया जाना संभव है शिक्षा का व्यापक विस्तार करके और सामाजिक कल्याण के काम करके ही बचा जा सकता है।''

चुनाव और स्वतंत्रता :

चुनाव के दौरान प्रत्याशियों की आजादी के लिए वे कुछ पाबंदियों के हिमायती थे। अभिव्यक्ति के नाम पर वे व्यक्तिगत चरित्र हनन को कभी स्वीकार नहीं करते थे।

''चुनावों के दौरान क्या करना चाहिए और क्या नहीं करना चाहिए इसके बारे में कुछ नियम और विनियम हैं। जिनके बारे में मैं बताना चाहता हूं लेकिन उम्मीदवारों द्वारा जारी किए गए कुछ पोस्टरों को देखकर मैं दुखी हो गया। इनमें से कुछ पोस्टर नींद आत्मक सुरुचिपूर्ण और अत्यंत आपत्तिजनक थे। बेकसूर मतदाताओं पर अवश्य उनका गलत प्रभाव पड़ा होगा किसी भी प्रकार की स्वतंत्रता को उचित नहीं ठहरा सकती।''

सहनशीलता और स्वतंत्रता :

नेहरू का मानना था कि देश के बहुलतावादी ढांचे की अस्मिता को बचाये रखने के लिए नागरिकों, संगठनों और सरकारों का सहनशील होना आवश्यक है। आज जिस तरह का हिंसक परिवेश है ऐसे समय में नेहरू का सहनशीलता और आजादी के बीच के संबंध को कालांतर में समझना उनकी दूर दृष्टिता को ही दिखाता है।

''सहनशीलता दूसरों के विचार के प्रति सहनशील होने को कहते हैं। जो लोग हमसे हम से सहमत हो, उन्हीं के विचारों के प्रति नहीं, बल्कि उन लोगों के विचारों के प्रति भी जो हमारा विरोध करते हैं उसे हमसे इतना एक मानसिक स्थिति है। यह इसलिए जरूरी है कि दुनिया में तरह तरह के विचार रखने वाले लोग हैं। विचारों की विविधता के कारण जीवन और भी उत्तेजक बन जाता है सत्य तक कोई भी एक व्यक्ति नहीं पहुंच सकता

और ना ही कह सकता है कि वह जानता है कि सत्य क्या है, यदि सभी क्षेत्रों में सूचना जिसमें वितरित और कभी-कभी परस्पर विरोधी सूचनाएं भी शामिल है प्राप्त हो तो यह जाने की संभावना अधिक रहती है कि वास्तव में सत्य क्या है, जो समस्या का एकमात्र एक जानने पर संभव नहीं हो सकता। सूचना की स्वतंत्रता की अवधारणा को यथासंभव स्वतंत्र और विविधता पूर्ण होना चाहिए।''

व्यवस्था और स्वतंत्रता

सरकारी संस्थाओं की स्वायत्ता पर वे मुखर हैं ! उन पर किसी प्रकार का हस्तक्षेप वो अनुचित मानते है। आज के राजनीतिक वैमनस्य में जो संस्थाओं का दुरपयोग होता है, उसे वे पहले ही भांप गए थे।

''हम सभी लोग प्रेस की स्वतंत्रता की बात करते हैं जनतांत्रिक व्यवस्था का थोड़ा भी अनुभव रखने वाले सभी लोग विभिन्न प्रकार के व स्वतंत्रता में विश्वास करते हैं। यदि कोई छोटी-छोटी गलत बात भी हो रही हो तो वे उसके दबाने के बजाय उसका घटित हो जाना बर्दाश्त कर लेंगे, क्योंकि गलत चीज को दबाने पर उसके साथ साथ कोई अच्छी चीज भी दब सकती है और अच्छी चीज को दबाना बुरा काम है। इसलिए अच्छी चीज के प्रसार के लिए इसलिए कि अंततः वे पूरी चीजों पर विजय पा सके बुरी चीजों को एक हद तक बर्दाश्त करना चाहिए।''

सेंसरशिप और स्वतंत्रता

नेहरू का मत था धन, बल और कुछ साधन के नाम पर अखबार नहीं चलाया जा सकता और गलत अखबार गलत विचारों का प्रसार प्रचार कर सकता है। पर ये गलत क्या है? इसका निर्धारण पत्रकारिता के सिद्धांतों को करने दीजिये।

''प्रेस की स्वतंत्रता के सिद्धांत की आड़ में क्या किसी व्यक्ति को सभी प्रकार की गलत बातें कहने और करने के लिए अखबार निकालने की आजादी मिलनी चाहिए? स्पष्टतः यदि धन उपलब्ध हो और पर्याप्त ग्राहक जुटा सकें, तो कोई भी व्यक्ति कुछ भी निकाल सकता है। इस प्रकार वह सभी प्रकार के हानिकारक विचारों का प्रसार करके बहुत अनिष्ट कर सकता है।''

हिंदू उत्तराधिकारी अधिनियम समीक्षा : एक कदम समता की ओर

भारत में सबको अपना अधिकार बराबर मिला हुआ है। किसी को जल्दी तो किसी को देर से, ऐसे ही लड़कियों को भी अधिकार मिला संवैधानिक ढंग से, हिन्दू उत्तराधिकारी अधिनियम 1956 के तहत, जिसमे लड़का और लडकी को समान दर्जा मिला। हिन्दू उत्तराधिकार अधिनियम, 1956, कई कानूनों में से एक है। इस अधिनियम में बताया गया है कि जब किसी हिन्दू व्यक्ति की मृत्यु बिना वसीयत बनाए हो जाती है, तो उस व्यक्ति की सम्पत्ति को उसके उत्तराधिकारियों, परिजनों या सम्बन्धियों में कानूनी रूप से किस तरह वितरित किया जाएगा। अधिनियम में मृतक के वारिसों को अलग-अलग श्रेणियों में बांटा गया है, और मृतक की संपत्ति में उनको मिलने वाले हिस्से के बारे में भी बताया गया है। यहाँ हम सिर्फ लड़कियों के पक्ष की बात कर रहे हैं। साथ उसका कानून भी जान ले, अगर हिन्दू संयुक्त परिवार का मुखिया वसीयत छोड़े बिना ही मर जाता है और उसके परिवार में बेटे और बेटियां हैं। उसकी सम्पत्ति में एक मकान भी है, जिस पर किसी का पूरी तरह से कब्जा नहीं है, ऐसे में बेटियों को हिस्सा तभी मिलेगा, जब बेटे अपना-अपना हिस्सा चुन लेंगे। अगर बेटी अविवाहित, विधवा या पति द्वारा छोड़ दी गई है, तो कोई भी उससे घर में रहने का अधिकार नहीं छीन सकता। विवाहित महिला को इस प्रावधान का अधिकार नहीं मिलता।

हिंदू उत्तराधिकारी अधिनियम (संशोधित) के तहत 9 सितंबर 2005 को जीवित कर्ताओं की जीवित पुत्रियों को संपत्ति में हमवारिस होने का अधिकार है। इस बात से फर्क नहीं पड़ता कि पुत्रियों का जन्म कब हुआ है। अगस्त 2020 में न्यायमूर्ति अरुण मिश्रा की अध्यक्षता वाली खंडपीठ ने हिन्दू उत्तराधिकारी कानून में किए गए संशोधन की व्याख्या की। उन्होंने कहा कि कानून संशोधन से पहले भी अगर पिता की मृत्यु हो चुकी हो, तब भी उसकी बेटियों को पिता की सम्पत्ति में बराबर हिस्सा मिलेगा। कोर्ट की ओर से आदेश दिया गया, कि हिन्दू अविभाजित परिवार की पैतृक सम्पत्ति में बेटी

और बेटे का समान अधिकार होगा, भले ही हिंदू उत्तराधिकार (संशोधन) अधिनियम, 2005 के लागू होने के पहले ही उसके पिता की मृत्यु क्यों न हो गई हो। दरअसल, 2005 में (हिंदू उत्तराधिकार कानून 1956) में संशोधन किया गया था, इसके तहत पैतृक संपत्ति में बेटियों को बराबर का अधिकार की बात कही गई थी। श्रेणी-एक की कानूनी वारिस होने के नाते संपत्ति पर बेटी के बेटे बराबर हक है। शादी से इसका कोई लेना-देना नहीं है। इस कानून के मुताबिक पिता की सम्पत्ति पर बेटियों का बराबर का अधिकार होगा। इसलिए कोई भी बेटी को उसके अधिकार से वंचित नहीं कर सकता। इसके साथ ही यदि पिता की मौत बिना वसीयत किए हुई है तो सभी संतानों का प्रॉपर्टी पर बराबर अधिकार होगा। फिर चाहे वह बेटा हो या बेटी।

देर से ही सही उच्चतम अदालत द्वारा उत्तराधिकार अधिनियम 2005 की नये सिरे से समीक्षा करना एक क्रांतिकारी कदम है। इस कदम से देश में लैंगिक समानता और महिला अधिकारों को संबल मिलेगा और, जो भारतीय समाज अब तक विवाहिता बेटियों के प्रति विभेदकारी दृष्टिकोण अपनाता आ रहा है, कानून के साये में सही महिला अधिकारों का सम्मान तो करेगा।

गांधीवादी राजनीतिक अर्थशास्त्र के प्रखर विद्वान थे लौह पुरुष सरदार पटेल

सरदार पटेल की राजनीतिक दृष्टि पर विगत कुछ वर्षों में चिंतको और लेखकों द्वारा बहुत कुछ लिखा गया है, किंतु सरदार पटेल की आर्थिक दृष्टि पर विद्वानों द्वारा गहन चिंतन नहीं हुए, जबकि सरदार पटेल एक उच्च कोटि के आर्थिक विचारक भी थे। अगर सरदार पटेल के आर्थिक विचारों पर चिंतन करें तो हम उनके आर्थिक विचारों को गांधी के आर्थिक विचारों के काफी समीप पाते हैं, दूसरे शब्दों में सरदार पटेल एक उच्च कोटि के गांधीवादी राजनीतिक अर्थशास्त्री थे।

आजाद भारत के प्रथम गृह मंत्री सरदार पटेल के आर्थिक विचारों की प्रासंगिकता के प्रश्न को समझने के लिए राजनीतिक अर्थव्यवस्था के कारकों को भी समझना आवश्यक है। सरदार पटेल जो कि मूलतः एक प्रशिक्षित अर्थशास्त्री नहीं थे किंतु गांधी जी की तरह समाज और राजनीति की गहरी समझ रखते थे। इसी समझ के आधार पर उन्होंने अपने भाषणों, लेखों और विचार उत्तेजक संसदीय बहसों में राजनीतिक अर्थव्यवस्था के कई महत्वपूर्ण विषयों पर प्रकाश डाला है। उन्होंने उन आर्थिक मुद्दों पर चिंतन किया जो कि भारत के राजनीतिक एवं आर्थिक एकीकरण से जुड़े हुए थे। गांधीवादी राजनीतिक अर्थव्यवस्था के महत्वपूर्ण घटकों पर उनकी सोच एवं दृष्टि दूरगामी थी। उनके लेखों का परिष्कृत अध्ययन उन्हें एक उच्च कोटि का गांधीवादी आर्थिक विचारक साबित करता है उन्होंने राष्ट्रनिर्माण, बहुलतावाद, स्वदेशी, संरक्षणवाद न्यासिता, श्रम-पूंजी संबंधों, विकेंद्रीकरण, ग्राम स्वराज, समाजवाद, साम्प्रादायिक सौहार्द, अहिंसा, सत्याग्रह, श्रम की महत्ता, लोकतांत्रिक मूल्य, विदेश नीति, पंचायती राज और लोकतांत्रिक संस्थाओं की कार्य प्रणाली पर स्पष्ट तौर पर अपनी बात रखी और कई नीतिगत सुझाव दिए। उन्होंने संविधान सभा की बहसों में इन आर्थिक और राजनीतिक महत्वों के मुद्दों को उठाया। उनके आर्थिक विचारों के बेहतर अध्ययन और मनन के लिए इन बहसों का भी गहन विश्लेषण आज के समय की मांग है। वर्तमान समय में जब दुनिया की सारी अर्थव्यवस्थायें उदारीकरण के सिद्धांतों पर चल

रही हैं, पूंजीवादी शक्तियां फिर से श्रम की महत्ता को खतरे में डाल रही हैं, बहुलतावादी विचार संकट में है और आर्थिक और सामाजिक असामानता बढ़ रही है, सरदार पटेल आर्थिक चितंन पर विमर्श करना समय की मांग है।

समाजवाद के संदर्भ में पटेल की आर्थिक दृष्टि गांधी के सर्वोदयी समाज की स्थापना पर बल देती है। विनोबा भावे, कुमारप्पा और शुमाकर की तरह वे भी लघु तकनीक के माध्यम से उत्पादन को बढ़ावा देने के पक्षधर थे। वे गांधी के आर्थिक दर्शन के उस विचार के घोर हिमायती थे जिसमें ग्राम आधारित औधौगिकरण से एक अहिंसक आर्थिक समाज के निर्माण की कल्पना की गई है। उन्होंने समाजवादी अर्थव्यवस्था के सुचारु रूप से क्रियान्वयन के लिए उद्योगों के राष्ट्रीयकरण का विरोध किया और 'आवश्यक औधौगिकरण' की अवधारणा को जनमानस से समक्ष प्रस्तुत किया। उनका मानना था कि 'आवश्यक औधौगिकरण' से पूंजी निर्माण होता है। उनका ये भी मत था कि मार्क्स का सैद्धांतिक समाजवाद एक पश्चिम की अवधारणा है। इस पश्चिमी समाजवाद को वो भारत जैसी पूर्वी सभ्यताओं के लिए वे उपयोगी नहीं समझते थे। उनका कहना था कि, ''गाँव के उद्योगों के विकास में सच्चा समाजवाद निहित है। हम अपने देश में बड़े पैमाने पर उत्पादन के कारण पश्चिमी देशों में व्याप्त अराजक परिस्थितियों को फिर से पैदा नहीं करना चाहते हैं''

राष्ट्रीय एकता और राष्ट्रीयकरण के सन्दर्भ में पटेल के विचार बहुत ही सारगर्भित है। वे राजनीतिक एकीकरण को आर्थिक एकीकरण का का एक अभिन्न अंग मानते थे। उनका मत था कि बिना राजनीतिक एकीकरण के राष्ट्र का एकीकरण संभव नहीं है। उनका राष्ट्रीय एकता का विचार उनके बहुलता के विचार से जुड़ा हुआ है। राष्ट्रीय एकीकरण के लिए उन्होंने साम्प्रादायिक सौहार्द की भावना पर बल दिया। उनका मत था, ''सरकार की रचनात्मक आलोचना करते हुए और उसकी त्रुटियों की ओर संकेत करते हुए आपको याद रखना चाहिए कि आपको समाज के भविष्य के रखरखाव और देश की अखंडता और उसकी स्वतंत्रता के लिए एक उच्च जिम्मेदारी मिली है''। उन्होंने संविधान की बहसों के दौरान ही 'मॉब लिंचिंग' जैसी घटनोंओं पर चिंता जाहिर की थी। वे किसी भी

प्रकार के साम्प्रदायिक तनाव और धार्मिक संघर्ष के समाधान के लिए वे गांधीवादी सत्याग्रह का मार्ग चुनना पसंद करते थे। सत्याग्रह को पटेल ने एक आर्थिक अवधारणा के तौर पर और अधिक विकसित किया। उनका मत था कि अपरिग्रह, अहिंसक प्रतिरोध और आत्म शुद्धि द्वारा सत्याग्रह के नियमों का पालन किया जाना संभव है। उन्होंने सरकार तथा लोगों से उत्तरदायी सत्याग्रही बंनने का अनुरोध किया

पटेल गांधीवादी अनुयायी थे और उन्होंने गाँव और देश की आर्थिक समृद्धि के समग्र विकास के लिए कुशल पंचायती राज व्यवस्था की वकालत की। गांधी की तरह वे भी प्रशासनिक, कार्य और कार्यपालिका के विकेंद्रीकरण में विश्वास करते थे। उन्होंने पंचायत को निचली अदालत के रूप में भी देखा था। वह शक्तियों के विचलन में भी विश्वास करते थे। उनके अनुसार धन का केन्द्रीकरण शोषण और असमान वितरण का मुख्य स्रोत था। उन्होंने इन शब्दों में पंचायती राज पर अपने विचार व्यक्त किए "हमें गांवों में ग्राम पंचायत की स्थापना करनी चाहिए। अपनी परंपरा और संस्कृति में सर्वश्रेष्ठ संरक्षण करें और अपने आदर्शों के प्रति निस्वार्थ समर्पण के साथ रहें। यदि आप ऐसा कर सकते हैं, तो आप अपने लक्ष्य को प्राप्त करने और रामराज्य की स्थापना करने के लिए सुनिश्चित हैं"। गाँधी के कई विचारों से पटेल काफी हद्द तक प्रभावित थे और उन्हीं में से एक था रामराज्य की स्थापना। अपने शब्दों में राम राज्य की बात करते हुए उन्होंने गाँधी की विचारधारा को प्रस्तुत करते हुए कहा, "मैं आपको बताता हूँ कि उनके विचारो में आप राम राज्य कैसे पा सकते हैं। सबसे पहले हमें हिन्दू-मुसलमान एकता पानी होगी। दूसरे स्थान पर छुआछूत को समाप्त करना होगा। तीसरा मूल आधार है आत्मनिर्भरता पाना"।

सरदार पटेल ने महिला सशक्तिकरण का मूल्य लोगों को समझाया है। देश व समाज में नारियों का क्या स्थान होना चाहिए, यह उन्होंने स्त्रियों तथा अन्य जनों को समझाने का सदैव प्रयत्न किया। देश में चल रही कई कुप्रथाओं का उन्होंने कड़ा विरोध किया व साथ ही साथ नारियों को भी इसका विरोधी बनने के लिए प्रेरित किया। उन्होंने भारत में चल रही परदा रखने की प्रथा का पुरजोर विरोध किया है। वे बिहार के लोगो के विरुद्ध खड़े हुए जो अपने घर की महिलाओं को परदे

में रहने को कहते थे। पटेल ने उनसे पूछा, "क्या तुम लोगों को महिलाओं को परदे में रखने में शर्म महसूस नहीं होती? कौन हैं ये महिलाएं? तुम्हारी माँ, तुम्हारी बहने, तुम्हारी पत्नियाँ। क्या तुम्हें सच में लगता है की केवल उन्हें परदे में रखकर ही तुम उनकी पवित्रता बनाये रख सकते हो? यदि इन स्त्रियों से मैं कुछ कह सकूं तो मैं कहूंगाः ऐसे कायरों के साथ रहने से अच्छा है की तुम इनसे अलग हो जाओ"

सरदार पटेल की आर्थिक दृष्टि और राजनीतिक अर्थव्यवस्था के क्रियान्वयन पर उनकी सोच गाँधी के आर्थिक विचारों से प्रभावित है। विद्वानों द्वारा सरदार पटेल के आर्थिक दर्शन पर कम ही शोध किये गए हैं, किन्तु समाजवाद, सत्याग्रह, अहिंसा, न्यासिता, ग्राम स्वराज, पंचायती राज, महिला सशक्तिकरण और सर्वोदय पर उनके विचार अनुकरणीय हैं। उनके आर्थिक दर्शन में वर्तमान समय की कई राजनीतिक एवं आर्थिक समस्याओं का हल भी दिखाई देता है। उनके विचार जो की गाँधी की दूरदृष्टि का पुट लिए हुए हैं, उनके पुर्नविचार और पुर्नलेखन की आवश्यकता है।

आधुनिक भारत में जातियों का बौद्धिक विभाजन और संत रविदास की प्रांसगिकता

15 वी शताब्दी समाज सुधारक और कवि संत रविदास के दोहों का लोक प्रचलन तो बहुत है लेकिन क्या कबीर, तिरुवलर और भक्ति आंदोलन के अन्य विद्रोही कवियों के लेखों की तरह हम उन्हें समझ पाए हैं? आज उत्तर भारत के कई भागों में रविदास जी के मंदिर हैं, पूजा स्थल हैं हैं, किंतु क्या विचार स्थल भी हैं। उनकी शिक्षाएं भक्ति मार्गी होते हुए भी तर्क और विज्ञानशीलता पर आधारित हैं। आज जब हम 21 वीं सदी में भी भारत के लोगों को मानवीयता और रोटी से अधिक मंदिर और भक्ति की तरफ झुकाव देखते हैं तो हमें रविदास जी की ये सूक्ति स्मरण करनी चाहिए। मन चंगा तो कठौती में गंगा ''और मन ही पूजा मन ही धूप, मन ही सेऊं सहज स्वरूप अर्थात ईश्वर का वास पवित्र मन में होता है और अगर मन अपवित्र है तो भक्ति का भी कोई लाभ नहीं। रविदास जी इस संदर्भ में ब्राह्णवाद और जातिवाद पर भी करारा प्रहार अपने दोहों से करते हैं, वे कहते हैं'' ब्राह्मण मत पूजिए जो होवे गुणहीन, पूजिए चरण चंडाल के जो होने गुण प्रवीण ''और जाति-जाति में जाति हैं, जो केतन के पात, रैदास मनुष ना जुड़ सके जब तक जाति न जात।'' लेकिन विडंबना ये है कि संत रविदास जी की इन उक्तियों को ही भारत के लोगों ने जाति में बांटने का आधार बना लिया, शायद ही कोई उच्च जाति का व्यक्ति संत रविदास के इन मंदिरों में जाता हो और शायद ही रैदासी समाज के लोगों ने उनकी तर्कशील भक्ति का प्रचार जाति या समुदाय से हट कर किया हो। ये पूर्वाग्रह से ग्रसित भारतीय समाज की जातीय विभाजन का एक कटु उदाहरण है। क्या एक उच्च जाति के व्यक्ति को संत रविदास की शिक्षाओं पर चिंतन नहीं करना चाहिए? किन्तु ऐसा होगा नहीं। आधुनिक भारत में जातियों का बौद्धिक विभाजन हो चुका है। आखिर क्या कारण है कि उच्च सवर्ण जाति के लोग अम्बेडकरवादी साहित्य का अध्ययन नहीं करते और रविदास जी की शिक्षाओं पर बात करने से घबराते हैं। रविदास जी जाति प्रथा का उन्मूलन अहिंसक तरीके से करना चाहते थे इसलिए उन्होंने उन्होंने घृणा का प्रतिकार घृणा से नहीं, बल्कि प्रेम से किया। हिंसा का हिंसा से नहीं, बल्कि

अहिंसा और सद्‌भावना से किया। इसलिए वे प्रत्येक व्यक्ति के प्रेरणास्त्रोत बने। उन्होंने निर्भीकता से अपनी बात कही। समाज को नई राह दिखाई और कुरीतियों को दूर करने के लिए सच और साहस को आधार बनाया। संत रविदास को वेदों पर अटूट विश्वास था। वे सभी को वेद पढ़ने का उपदेश देते थे। किन्तु समाज में जिस तरह का बौद्धिक विभाजन दिख रहा है वो कहीं न कही रविदास जी की शिक्षाओं का खुला उल्लंघन है। जहां सवर्ण समाज उनकी जाति को आधार मानकर उनसे विमुख है तो वहीं रैदासियों के लिए वे मूर्ति पूजक भगवान बन गए है। ये दोनों ही बातें जातिगत विभाजन को बढ़ाती हैं। मंदिर, जाति, धर्म के नाम पर राजनीति करने वालों और इस आधार पर समाज में वैमनस्य का बीज बोने वालों को भी संत रैदास के इन दोहों से सीख लेनी चाहिए। 'का मथुरा का द्वारका, का काशी हरिद्वार। रैदास खोजा दिल आपना, तउ मिलिया दिलदार'। धार्मिक आडम्बर से मुक्त समाज की रचना के लिए धार्मिक मंदिरों से ज्यादा रोटी की आवश्यक्ता है बिना सामाजिक समता के आर्थिक प्रगति व्यर्थ है और ऐसा आवश्यक नहीं कि सामाजिक समसरता के लिए ईश्वर या भक्ति भाव का तिरस्कार किया जाये। भक्ति और ईश्वर का मंदिर के स्थान पर सत्य और मन में खोजा जा सकता है। ऐसी ही सामाजिक समसरता की कल्पना महात्मागांधी ने भी की थी। वे रैदास के उपासक न होकर भी रैदासी थे। गांधी जी के प्रिय भजन ईश्वर अल्लाह तेरे नाम और वैष्णव जन तो तेने कहिये का आधार भी संत रविदास जी का ये दोहा प्रतीत होता है जिसमें वो कहते हैं कि "कृस्न, करीम, राम, हरि, राघव, जब लग एक न पेखा, वेद कतेब कुरान, पुरानन, सहज एक नहिं देखा"। समाज को वैमनस्य और हिंसा के दुर्गुण से बचाने के लिए न केवल रैदासियों को बल्कि उच्च वर्ग के सवर्णों को भी अपना हृदय परिवर्तनकरके संत रविदास की साखियों से सीखना होगा और हरि-सा हीरा छांड कै, करै आन की आसते नर जमपुर जाहिंगे, सत भाषै रविदास। अर्थात ईश्वर को छोड़ कर जातियों में मन लगाना नर्क की सोच के समान है। क्या आप इस परिवर्तन के लिए तैयार हैं?

आर्थिक सभ्यता के आधार और आर्थिक प्रगति से उपजे अवसाद के प्रश्न! क्या गांधी की दृष्टि में इसका हल है?

मानव बनाम मशीन के द्वंद को दर्शाती हुई फिल्म नया दौर का एक चर्चित गीत का मुखड़ा है साथी हाथ बढ़ाना, एक अकेला थक जाएगा मिलकर बोझ उठाना। अकेला थकता है ! साहिर लुधियानवी का ये गीत कहीं न कहीं मानव और मशीन के द्वंद को एक नई दृष्टि से देखता है। अकेलापन वैसे देखा जाए तो समाजशास्त्रियों और मनोविज्ञानियों के लिए अध्ययन और शोध का विषय है किंतु इस गभीर मसले का आर्थिक रूप से विश्लेषण करना उतना ही आवयश्यक है। आर्थिक रूप से समृद्ध और धनी समाज भी अकेलेपन और अवसाद जैसी समस्याएं झेल रहे हैं और सम्भवतः तभी विश्व के कई राष्ट्र मानसिक स्वास्थ्य के यलिए पहल कर रहे हैं और इसका एक ताजा उदाहरण जापान द्वारा अकेलेपन का मंत्रालय खोलना है। जापान जैसे धनी देश को दुनियाभर में फैली महामारी के बाद यहां आत्महत्या के बढ़ते मामलों की वजह यह अहम कदम उठाना पड़ा। कोरोना महामारी के बाद बदली हुई कार्य संस्कृति और आधुनिक मशीनों पर मानव की निर्भरता ने उसे और अकेला बना दिया है। काम की वजह से प्रवजन करने वाले लोग पहले से ही परिवारों से दूर थे और अब नई ऑनलाइन प्रणाली उन्हें और अकेला बनायेगी। भारत भी मानसिक स्वास्थ्य की इस गंभीर समस्या से अछूता नहीं है। वर्ष 2015-16 के राष्ट्रीय मानसिक स्वास्थ्य सर्वेक्षण के अनुसार भारत में आठ में से एक व्यक्ति किसी एक प्रकार की मानसिक बीमारी से प्रभावित है और आबादी के 2 फीसदी लोगों को गंभीर मानसिक स्वास्थ्य समस्याएं हैं, वहीं दूसरी ओर 2011 की जनगणना के मुताबिक, देश में अकेले रहने वाले लोगों की संख्या करीब डेढ़ करोड़ थी ये आंकड़े आज से 10 साल पहले के हैं और अब इस संख्या में बहुत बड़ा अंतर आ चुका है। विश्व स्वास्थ्य संगठन ने खुद इस बात की जानकारी दी है कि भारत में 20 करोड़ से ज्यादा लोग डिप्रेशन सहित कई अन्य मानसिक बीमारियों के शिकार हैं।

अगर गांधी की आर्थिक और सामाजिक सोच से इसका विश्लेषण करें तो पता चलेगा उन्होंने पाश्चात्य आर्थिक सभ्यता और वृद्धि के लिए पूर्व के पागलपन को पहले ही भांप कर विश्व को आगाह किया था। गांधी की दार्शनिक सोच में इस अकेलेपन का कारण मनुष्य की ज्यादा पाने की लालसा और अनियंत्रित उपभोग है। आर्थिक वृद्धि और मशीनीकरण से व्यक्ति का अलगाव न केवल समाज, परिवार अपितु पर्यावरणीय परिवेश से भी जाता है और फिर व्यक्ति का अलगाव अपनी आत्मा से होता है। गावों में रहने वाले लोग और सामुदायिक एकता का पालन करने वाले लोग अवसाद और अकेलेपन के फेर में नहीं फसते। अकेलापन शहरी सभ्यता के प्रति हमारे अंध मोह के कारण है। ये बात गांधी जी ने वर्ष 1910 में अपनी कालजयी रचना हिन्द स्वराज में भांप ली थी। गांधी की दृष्टि में पाश्चात्य आर्थिक सभ्यता और आर्थिक मॉडल व्यक्ति को लोभी और स्वार्थी बनाते हैं और ये लोभ आगे चलकर समाज, परिवार और वातवरण से अलग कर देता है।, क्या ये एक चिंतनीय और मानवता पर धब्बा लगाने वाला प्रश्न नहीं कि मनुष्य को अपनी भावनाये भी मशीन रूपी रोबोटों से करनी पड़ी। ये अलगाव का अलग ही चरम है, जिसमें मानव और मानवता दोनों का विनाश निश्चित है। स्मरण रहे, अब लोगों के पास साथी नहीं है, लोग अकेले हैं, साथ नहीं अब मशीन हाथ बढ़ाएगी पर भावना शून्य मशीन मनुष्य से मानवता छीन लेगी।

भावनाओं की इस शून्यता निवारण बस एक मंत्रालय के गठन से नहीं होने वाला। इस समस्या का हल आर्थिक सभ्यता के मॉडलों पर गांधी की दृष्टि से पुनर्विचार करके किया जा सकता है। अलगाव और अवसाद का शिकार हो चुकी मानवता को फिर से अहिंसा के पथ पर लाया जा सकता है। कोरोना ने अवसर दिया है कि हम अपनी आवश्यकता को पहचाने और विलासी शहरी सभ्यता को त्याग दें और गाँव की सामुदायिक भावना की ओर लौटें। कोई केंद्रीकृत मंत्रालय या नीति से ये समस्या हल नहीं होगी। समस्या का हल हर व्यक्ति के पास है ! बस वो गाँव की ओर लौट जाये ! क्या आप तैयार हैं?

देश में बढ़ रही क्षेत्रीय विषमताओं का हल गांधी की राजनीतिक अर्थव्यवस्था में निहित है

कोरोना महामारी के दौरान भारतीय अर्थव्यवस्था ने एक संकुचन का गहरा दौर देखा है, आर्थिक वृद्धि की दर बुरी तरह प्रभावित हुई और आर्थिक प्रगति में योगदान करने वाले बड़े क्षेत्र महामारी जनित मंदी से अछूते नहीं रहे। गिरती हुई जी.डी.पी से उबरने के लिए कई अल्प कालीन और दीर्घ कालीन उपाय किये, मांग पक्ष को मजबूती देने के लिए और समग्र मांग को बढ़ावा देने के लिए कई राहत पैकजों की घोषणा हुई। एक तरह से ये शून्य के करीब पहुंची हुई तेजी से उभरती अर्थव्यवस्थाओं को 'वी' आकार में उठाने के लिए एक आर्थिक मॉडल की तरह कार्य करता है। किन्तु इन सबके बीच बढ़ती हुई असमानताओं और क्षेत्रीय विषमताओं ने सरकारों और नीति निर्माताओं को नए सिरे से आर्थिक विकास के मॉडलों को लागू करने और विचार करने पर बाध्य किया है। हाल में ही विकास वैभव और वरुण कुमार दास का एक अध्यक्षा भारत में बढ़ रही अंतर क्षेत्रीय विषमताओं और असंतुलित विकास की एक भयावह तस्वीर हमारे सामने रखता है ये अध्ययन बताता है कि आय और सम्पत्ति की विषमताओं के साथ ही साथ भारत के समृद्ध इंडस्ट्रियल स्टेंट अंतर क्षेत्रीय विषमताओं से जूझ रहे हैं वे तर्क देते हैं कि "क्षेत्रीय आर्थिक विषमता समृद्ध राज्यों में भी नजर आती है किसी राज्य की आर्थिक प्रगति या समृद्धि, आमतौर पर राजधानी जिले के आसपास केंद्रित होती है ऐसे में राज्य सरकारों के सक्रिय हस्तक्षेप की आवश्यकता है, ताकि सुनिश्चित किया जा सके कि हर जिला या क्षेत्र राज्य की प्रगति में, आनुपातिक रूप से भागीदार हो सके अन्यथा, अपेक्षाकृत कम विकसित क्षेत्र खुद को अलग-थलग महसूस कर सकते है"!

वही दूसरी ओर वे राज्यों को संतुलित विकास के मॉडल को इसके उन्मूलन का रास्ता बताते हैं। कहानी का दूसरा पहलू यहीं से बदल जाता है। वास्तव में ये बढ़ती हुई अंर्तक्षेत्रीय विषमताएं असंतुलित वृद्धि के मॉडलों के कारण नहीं अपितु बड़े आकर के यांत्रिक उद्योगों के मोह के कारण है। बड़े आकर के पूंजीवादी यांत्रिक उद्योग अर्थव्यवस्था में धन का सकेन्द्रण सीमित शहरों और सीमित लोगों के हाथ में कर देते हैं।

ये धन का संकेद्रण आगे चलकर आर्थिक विषमताओं में बदल जाता है। अगर इसको महात्मा गांधी के आर्थिक दृष्टिकोण से समझे तो कह सकते हैं कि औद्योगिक विकास और आर्थिक असमानताओं के मध्य गहरा धनात्मक सबंध है। इसी प्रकार का एक अध्ययन गाँधीवादी अर्थशास्त्री बी न घोष ने वर्ष 2007 में किया, जहाँ उन्होंने ये बताया कि असंतुलित औद्योगिक विकास से पहले आर्थिक असमानताएं फिर हिंसा जन्म लेती है, उनका ये अध्ययन गांधी की परिकल्पना का परीक्षण भी करता है जिसमें वे औद्योगिक संभ्यता के मोह को आर्थिक विषमता का जनक मानते थे। तो क्या अमीर राज्यों के मध्य बढ़ रही ये असमानता बाजारवादी आर्थिक मॉडलों से दूर की जा सकती है? अगर गांधी के राजनीतिक अर्थव्यवस्था के दृष्टिकोण से देखें तो इसका उत्तर नहीं ही होगा।

विकास वैभव और वरुण कुमार दास घरेलू निर्यात और जिलों के संतुलित विकास की बात का समर्थन करते हैं, जो कि कुछ हद तक सही भी है। किन्तु ये घरेलू निर्यात और जिलों के समग्र विकास का मॉडल केंद्रीकृत आर्थिक प्रणाली में सफल नहीं हो सकता। गांधी की आर्थिक दृष्टि इसके लिए गाँव आधारित विकेन्द्रीकृत नियोजन पर बल देती है ! दूसरा उद्योगों की तकनीक लघु और मध्यम आकार की होनी चाहिए न कि वृहद आकार की। कोरोना महामारी के दौरान जिन श्रमिकों का पलायन गावों की ओर हुआ है उनसे श्रम आधारित छोटे उद्योगों को विकेन्द्रीकृत तौर स्थापित किया जा सकता है, बशर्तें देश के आम नागरिक विदशी सामानों के मोहपाश से बाहर आ जायें। अगर ऐसा नहीं हुआ तो असामानताओं का ये चक्र अर्थव्यवस्था को एक हिंसक चक्र में धकेल देगा, फिर उससे निकलना आसान नहीं होगा। गांधी की आर्थिक दृष्टि हमें असामनाताओं के चक्रव्यूह से निकालने को तैयार है, बस सरकारें विकास के रास्ते पर कोई धन के संकेन्द्रण या निर्भरता के मॉडल का कोई जयद्रथ न खड़ा करें।

गांधीवादी सिद्धांतों के विपरीत हैं सरकार के श्रम सुधारों के नए नियम

कोरोना महामारी का बुरा असर भारत की श्रम शक्ति और श्रम अर्थव्यवस्था पर भी पड़ा है और इस बात की पुष्टि अंर्तराष्ट्रीय श्रम संगठन की हालिया रिपोर्ट भी करती है। इस रिपोर्ट के कई तथ्य एशियाई और अफ्रीकी देशों में श्रम के शोषण की एक अलग ही तस्वीर प्रस्तुत करते हैं। ग्लोबल वेज रिपोर्ट 2020-21: वेजेज एंड मिनिमम वेजेज इन द टाइम ऑफ कोविड-19 के नाम से प्रकाशित इस रिपोर्ट के अनुसार भारतीय श्रम बाजार मजदूरी की दर में असामानताओं, लैंगिक भेदभाव, अनियमित काम के घण्टों, शहरी और ग्रामीण क्षेत्रों में मजदूरी की दरों में अंतर और संघर्ष जैसी समस्याओं से जूझ रहे हैं। इसी रिपोर्ट के मुताबिक देर तक काम कराने के मामले में भारत दुनिया में पांचवे स्थान पर है। कई बार मजदूरों को एक हफ्ते में 48 घंटे तक काम करना पड़ता है और ये भी पता चलता है कि कुछ उप-सहारा अफ्रीकी देशों को छोडकर भारतीय श्रमिकों को सबसे कम न्यूनतम वेतन मिलता है।

आप इसे संयोग कहें या कुछ और, लेकिन, जब ये रिपोर्ट लोगों के सामने आ चुकी है उसी समय मोदी सरकार ने श्रम सुधारों के दावा करते हुए तीन नए बिल संसद में पास किए। ये तीनों नए श्रम कानून श्रम सुधार की कुछ पूर्ववर्ती सिफारिशों पर आधारित है। सरकार इसे श्रम सुधारों की दिशा में क्रांतिकारी कदम बताती है, किंतु असंगठित क्षेत्रों के लिए काम करने वाली संस्था 'वर्किंग पीपल्स चार्टर्ड' ने इन कानूनों को श्रमिक विरोधी करार दिया है।

इस विधेयक की सबसे बड़ी कमजोरी, सामाजिक सुरक्षा सहिंता 2020 में, श्रमिकों को सामाजिक सुरक्षा अधिकार से बाहर रखना है। वहीं दूसरी ओर, भविष्य निधि के लिए केवल उन प्रतिष्ठानों को रखा गया है जहां 20 से अधिक कर्मचारी काम करते हों। किन्तु भारत की असंगठित श्रमिक इकाई, इससे अछूती रह गयी है। श्रमिकों के कल्याण कारी कोष पर भी कोई विशेष ध्यान नहीं दिया गया। कृषि क्षेत्र में काम करने वाले लगभग 50: सीमांत श्रमिक भी इन सुधारों से वंचित

रखे गए हैं। इन कानूनों का एक और सुझाव प्रतिदिन 12 घण्टे काम और 4 दिन अवकाश का प्रावधान है, किन्तु यह प्रावधान पूरी तरह अमानवीय है। औद्योगिक संहिता संबंधी विधेयक श्रमिकों के हड़ताल के अधिकार को सीमित रखता है। इसके साथ ही दूसरी ओर, हड़ताल की परिभाषा के तहत किसी उद्योग में कार्यरत पचास प्रतिशत या उससे अधिक श्रमिकों द्वारा एक निश्चित दिन पर आकस्मिक अवकाश को शामिल किया गया है। यह श्रमिकों की प्रदर्शनों में भाग लेने की क्षमता को बाधित करता है। यह भी आरोप लगाया जा रहा है कि औद्योगिक संबंध संहिता विधेयक 2020 श्रमिकों पर ज्यादती करने के लिए मालिकों को खुली छूट देगी। इस विधेयक के अनुसार अब तीन सौ से कम कर्मचारियों वाली कंपनी सरकार से मंजूरी लिए बिना कर्मियों की जब चाहे छंटनी कर सकेंगी।

श्रम के उद्देश्य न केवल श्रमिकों का मौद्रिक कल्याण अपितु श्रम आधारित समाज में पूंजी और श्रम के मध्य लाना है। महात्मा गांधी श्रम और पूंजी के मध्य एक अहिंसक संबंध चाहते थे, जो की समाज में व्याप्त असमानताओं को दूर कर सके। श्रम सुधारों के नाम पर सरकार श्रमिकों को मशीन बनाना चाहती है और उन्हें सामाजिक अलगाव और संघर्ष पूर्ण वातावरण देना चाहती है। श्रमिकों के हड़ताल का अधिकार सीमित करना इसका ही एक उदाहरण है। मोदी सरकार के श्रम सुधार पूंजी पतियों के हित साधने के लिए बनाए गए है। इन अधिकारों से श्रम कल्याण कम होगा, बल्कि पूंजी और श्रम के मध्य हिंसा ज्यादा बढ़ेगी। दूसरा काम के घंटों की अनिमिताएँ और नियोक्तायों को 300 से कम कर्मचारी होने पर छटनी की खुली छूट देना समाज में बेरोजगारी को और बढ़ाएगा। ये तीनों ही कानून पूंजी का संकेंद्रण आबादी के कुछ धनिक तबको के हाथ में रखना चाहते है जिससे आर्थिक विषमताएं और बढ़ेगी। महात्मा गांधी पूजी पतियों को मालिकों के नहीं बल्कि न्यासी के तौर पर देखते थे। उनका मानना था कि श्रम और पूंजी एक दूसरे के पूरक होने चाहिए कि उनके बीच मालिक और मजदूर जैसा कोई संबंध। किन्तु पूंजी केंद्रित उद्योगों में जहां मजदूरों से अहिंसक प्रतिरोध अधिकार छीन लिए जाएंगे वहाँ वैमनस्य और बढ़ेगा। यह वैमनस्य आगे चलकर सामाजिक संघर्ष और रक्त रंजित हिंसा भी बदल सकता है। इस हिंसा रोकने का एक ही

उपाय है, गाँधी का सत्याग्रह, किन्तु जहां श्रमिकों से हड़ताल का अधिकार भी छीन लिया जाए, वह सत्याग्रह रूपी प्रतिरोध को कौन समझेगा?

सरकारों को महात्मा गांधी का ये कथन स्मरण रखना चाहिए ''मैंने सदा कहा है मेरा आदर्श यह है कि पूंजी और श्रम एक दूसरे के पूरक हो और एक दूसरे की सहायता करें। वे एकता और सामंजस्य की भावना के साथ एक बड़े परिवार की तरह रहें। पूंजीपति चूँकि अपने साथ साथ काम करने वाले श्रमिकों के कल्याण के न्यासी हैं इसीलिये उन्हें श्रमिकों के केवल भौतिक कल्याण पर ध्यान नहीं देना चाहिए बल्कि उनका नैतिक कल्याण भी सुनिश्चित करना चाहिए'' किन्तु जहां सरकार और पूंजीपतियों के पास नैतिक बल न हो, वहां सत्याग्रह ही उन्हें नैतिक बल दिला सकता है।

सरकारी गांधीवाद और मठाधीसी गांधीवाद के दौर में हमें लोहिया जैसे कुजात गांधीवादियों की जरूरत है

आज जबकि देश में कई आंदोलन समानांतर तौर पर निजीकरण और सरकार की प्रतिगामी नीतियों के खिलाफ चल रहे हैं, ऐसे समय में भारतीय समाजवाद के प्रणेता राममनोहर लोहिया के विचारों और लेखों पर मनन और चिंतन करना समय मांग है। उनकी वैचारिक पृष्ठ्भूमि में जहां एक ओर आचार्य नरेंद्र देव मौलिक समाजवाद है तो वहीं दूसरी ओर गांधी का अहिंसक राष्ट्रवाद भी है। जब देश में अभी 2 वर्ष पूर्व महात्मा गांधी की 150 वीं जयन्ती मनाई गई तो शायद ही किसी ने लोहिया के दृष्टिकोण से गांधी के विचार को समझने की कोशिश की। इन सबके बीच योगेंद्र यादव लोहिया के दृष्टिकोण से गांधी विचार की प्रांसगिकता पर लिखते हुए लोहिया को गांधीवादी का सच्चा अनुयायी बताते हुए, उनकी कुजात गांधीवादी नीतियों पर चलने की सलाह राष्ट्र को देते हैं।

योगेंद्र यादव कहते हैं कि "गांधी की राजनीति के सबसे काबिल व्याख्याकार राममनोहर लोहिया ने उनकी जन्मशती के कुछ बरस पहले गांधीवादियों को तीन श्रेणी में बांटा था। पहली श्रेणी में थे सरकारी गांधीवादी और इस कोटि में लोहिया ने उन कांग्रेसियों को रखा जो महात्मा गांधी के नाम की माला जपते गये और सत्ता की सीढ़ियां चढ़ते गये। एक श्रेणी उन्होंने मठाधीश गांधीवादियों की बनायी और इस कोटि में उन लोगों को रखा जो गांधी के नाम पर कायम संस्थानों के मुखिया बने थे। लोहिया ने इन दो श्रेणियों का प्रतिनिधि नेहरु और विनोबा भावे को माना और हाथ के हाथ दोनों से अपनी दूरी भी जाहिर कर दी"।

योगेंद्र यादव आगे कहते हैं गांधीवादियों की इन दो श्रेणियों के बरक्स लोहिया ने एक तीसरी श्रेणी 'कुजात' गांधीवादियों की बनायी और इस कोटि में उन लोगों को रखा जो गांधी के कहे-सोचे पर आंख मूंदकर नहीं चलते बल्कि उसे तौल-परखकर अपने तईं समझते और अपने वक्त के हिसाब से सूझ निकालकर बरतते हैं। लोहिया ने तर्क दिया कि गांधी के किये-कहे को जो लोग ब्रह्मलेख मानकर बरतते हैं, दरअसल वे

गांधी की विरासत के सही हकदार नहीं हैं। गांधी के कर्म और चिन्तन को अगर आगे के वक्तों के लिए जिन्दा रहना है तो फिर ये काम उनके पदचिन्हों से अपने कदम मिलाकर चलने वाले अनुयायियों से नहीं बल्कि गांधी को अपने युग की मांग के हिसाब से बरतने वाले 'कुजात' गांधीवादियों से ही हो सकता है।

योगेंद्र यादव प्रखर चिंतक और विद्वान हैं, राजनीतिक मुद्दों पर उनकी समझ बहुत गहरी है, किन्तु देश में चल रहे कई आंदोलन के अगुआ वास्तव में लोहिया की कुजात गांधीवादी नीतियों पर चल रहें हैं क्या? इस विषय पर भी विचार करना चाहिए। वैसे लोहिया ने स्वयं को कुजात गांधीवादी इसलिए नहीं कहा क्योंकि वे मार्क्सवादी आर्थिक दर्शन से प्रभावित थे, बल्कि इसलिए कहा क्योंकि वे प्रायोगिक गांधीवाद के समर्थक थे। लोहिया को सरकारी और मठाधीश गांधीवादियों से अलगाव था। लोहिया की दृष्टि में सरकारी और मठाधीसी गांधीवाद, सत्ता पाने और सत्ता के निकट रहने का साधन है। लोहिया की सोच बहुत हद तक प्रासंगिक है क्योंकि गांधीवाद आज भी देश में केंद्र में बैठेसत्तालोलुप नेताओं द्वारा बाजार में बेचा जा रहा है और इस विचार को बेचने का काम गांधी और गांधीवाद के नाम पर बनी संस्थाएं कर रही हैं।

अब आतें है लोहिया की बात पर वे क्यों जरूरी है? पहला तो वे गांधी की विचारधारा के सच्चे अनुयायी थे और दूसरे वे गांधी के आर्थिक और सामाजिक विचार के समाजवादी प्रयोगकर्ता थे। उनकी दृष्टि में गांधीवाद एक प्रायोगिक चेतना है जिस पर आँख मूंद पर भरोसा नहीं किया जा सकता था। शायद इसीलिये उन्होंने सत्याग्रह को सिविल नाफरमानी, में बदल दिया, विकेन्द्रीकरण के साथ साथ चौखम्बा राज्य जोड़ दिया। समाजवादी होते हुए भी उन्होंने कभी अहिंसा का साथ नहीं छोड़ा। जैसे कि लोहिया ने खुद भी कहा गांधी के किये-कहे को जो लोग ब्रह्मलेख मानकर बरतते हैं, दरअसल वे गांधी की विरासत के सही हकदार नहीं हैं। गांधी के कर्म और चिन्तन को अगर आगे के वक्तों के लिए जिन्दा रहना है तो फिर ये काम उनके पदचिन्हों से अपने कदम मिलाकर चलने वाले अनुयायियों से नहीं बल्कि गांधी को अपने युग की मांग के हिसाब से बरतने वाले 'कुजात' गांधीवादियों से ही हो सकता है। जाहिर है, लोहिया ने अपने को तीसरी श्रेणी

यानि 'कुजात' गांधीवादियों में रखा था। अब जबकि गांधी का विचार संघ की विभाजनकारी नीति का शिकार हो चुका है, ऐसे समय में लोहिया जैसे चिंतकों की फिर आवश्यकता है। आज गांधी के विचार की सबको आवश्यकता है, किन्तु कांग्रेस ने जहाँ गांधी की मूर्तियां बनाकर के गांधी के विचार को जनमानस से दूर किया तो वहीं दूसरी ओर अन्य दलों ने उन्हें बस कुछ कार्यकर्मों का ब्रांड दूत बना दिया। लोहिया ने इस बात को आज से 5 दशक पूर्व ही भांप लिया था। किन्तु लोहिया के अवसान के बाद एक श्रेणी सरकारी लोहियावादियों की भी तैयार हो गयी। गांधी की तरह लोहिया की नाम पर संस्थान हैं, मूर्तियां है पर विचार नहीं। अब तो हमें कुजात गांधीवादियों के साथ, कुजात लोहियावादियों की भी जरूरत है। पर जहाँ विचार पर बाजार हावी हो वहां ऐसे कुजात विचारक पैदा होंगें तो कैसे?

चुनावी वादे, लोकतंत्र और अर्थशास्त्र ! क्या सार्वजनिक वस्तुऐं मुफ्त बाटना उचित हैं?

राजनीति और समाज विज्ञान के विचारकों द्वारा चुनावों को कई बार लोकतंत्र का महापर्व कहा जाता है, किन्तु इसी पर्व के दौरान जनता को बार छला जाता है। अभी ज्यादा दिन नहीं हुए जबकि 2019 के आम चुनावों में कांग्रेस द्वारा ''न्याय'' योजना वादा अपने घोषणा पत्र में किया गया था। अगर बंगाल में रहे चुनावों का आर्थिक दृष्टिकोण से विश्लेषण करें तो स्पष्ट हो जाएगा कि सारे दलों के घोषणा पत्र, लोक वस्तुओं जैसे सार्वजनिक वस्तुओं, जैसे कि रक्षा, प्राथमिक शिक्षा, स्वास्थ्य, के मुफ्त वितरण से भरे हुए हैं। अगर ये लोक लुभावन, जनलोलुप वादे हैं और अगर ये वादें पूरे हो भी जाएँ दोनों ही स्थितियों में अर्थव्यवस्था के लिए हानिकारक है। पहला तो ये कि राजनीतिक लोलुपता और सत्ता पिपासा से युक्त ये वादें आर्थिक तौर पर तर्क रहित होते हैं। अर्थशास्त्र का प्रथम पाठ हमें संसाधनों और वस्तुओं के न्यायोचित और उचित वितरण की बात सिखाता है न कि मुफ्त वितरण। ये कटु सत्य है कि एक सार्वजनिक अच्छाई वह वस्तु है जो सबको लाभ उपलब्ध कराती है तथा जिसकी उपलब्धता, अन्यों द्वारा उसी समय उपभोग से किसी प्रकार कम नहीं होती किन्तु इसका मुफ्त वितरण अर्थव्यवस्था में हानिकारक प्रभाव उत्पन्न करता है। इसे परिभाषिक तौर पर हम फ्री राइडर कहते हैं, जहां लोग संसाधनों का विवेक रहित उपभोग करते हैं किन्तु उसके लिए लागत वहन नहीं करते। ऐसा भी नहीं है कि इन वस्तुओं को निजी हाथों में वितरण के लिये सौंप दिया जाए। ऐसा होने पर आर्थिक विषमताएं बढ़ेंगी और आर्थिक कल्याण बढ़ने के बजाय कम होगा।

भारतीय चुनाव के दौरान सभी राजनैतिक दल एक-दूसरे से अपने को श्रेष्ठ बताने के लिए देश की भोली-भाली जनता को निशुल्क वस्तु उपलब्ध कराने का प्रलोभन देने की होड़ में लग जाते हैं। राजनैतिक दल ऐसे झूठे प्रलोभन देकर देश की जनता के मत हासिल करना चाहते हैं। इस तरह से निशुल्क वस्तुएं उपलब्ध कराने से हमारा लोकतंत्र एक व्यापार में परिवर्तित हो जाएगा। पिछले चुनाव में टीवी लैपटॉप इत्यादि जैसे इलेक्ट्रॉनिक

गैजेट्स हर गरीब छात्र के घर में देने का वादा किया था। ऐसे वादे सिर्फ दो क्षण की खुशी दे सकते हैं पर यह वादे व्यर्थ हैं। न्यू टीवी एवं लैपटॉप इन बच्चों के कोई काम के नहीं जब तक इनका सही प्रयोग करना इन्हें नहीं सिखाया जाए एवं उनके घरों में बिजली की व्यवस्था कराई जाए। ऐसे वादे देश की जनता को गुमराह करने के लिए किए जाते हैं एवं देश के राजकोष का घाटा बढ़ाते हैं। कई राजनैतिक दल मुफ्त में बिजली पानी एवं गैस सिलेंडर जैसी सेवाएं गरीब को दिलाने का वादा करते हैं पर ऐसे वादे हमारी अर्थव्यवस्था मैं असंतुलन हो सकता है और फ्री राइडर की समस्या खड़ी कर देती है साथ ही ऐसी सुविधाओं का दुरूपयोग होने लगता है एवं इन वादों का फायदा जरूरतमंद तक पहुंच नहीं पाता है। हमारी अर्थव्यवस्था को चोट जरूर पहुंचती है। मुफ्त में वस्तु प्राप्त होने से इन वस्तुओं का महत्व भी कम हो जाता है और अक्सर इन वस्तुओं की बर्बादी होती है। इस तरह राजनीतिक दल निशुल्क वस्तुएं उपलब्ध कराने के बहाने जनता को गुमराह कर देते हैं और इस देश के असली समस्या जैसे भूखमरी गरीबी इत्यादि से अपना पल्ला झाड़ लेते है। अतः राजनैतिक दलों को निशुल्क वस्तुएं उपलब्ध कराने के बजाय रोजगार उपलब्ध कराना चाहिए कानून और नीतियां बेहतर बनाने का वचन देना चाहिए।

अगर चुनावी लोकतंत्र मुफ्तखोरी के अर्थशास्त्र को बढ़ावा देगा तो ये राजनीति, समाज और अर्थव्यवस्था तीनों के लिए हानिकारक है। गांधी जी कहते थे कि कतार में खड़े अंतिम व्यक्ति को सबसे पहले दो ! किन्तु सबसे पहले देने का अर्थ मुफ्त देने का नहीं है। संसाधनों के अनुचित और तर्क रहित उपयोग से बचने के लिए ऊपर से मुफ्त बाटों की नीति लोगों में अक्षमता और आलस्य को बढ़ाती है। लोकतंत्र में चुनाव जनलोलुप और मुफ्तखोरी के वादे करके सत्ता में आने का साधन बनेगा तो आर्थिक विनाश निश्चित है। क्यों सत्ता का उद्देश्य, लोकतंत्र और लोगों को मूर्ख बनाना है।

उच्च कोटि का बाबा साहेब का आर्थिक चिंतन प्रबुद्ध अर्थशास्त्र के मार्ग से अहिंसा सिखाता है !

"इंसान नाशवान है, उसी उसी तरह उसके विचार भी। एक विचार को भी उसी तरह प्रचार की आवश्यकता है जिस तरह एक पौधे को खाद्य की अन्यथा वो दोनों सूख और मर जायेंगे।" ! आधुनिक भारत के सबसे महान और मौलिक चिंतक बाबा साहब का ये कथन स्वयं उनकी वैचारिक उत्कृष्ट्ता प्रमाण हैं। विश्वरत्न बाबाबा साहेब आंबेडकर बहुत ही महान समाज सुधारक होने के साथ समतावादी अर्थशास्त्र के महान प्रणेता थे। किन्तु दुर्भाग्य वश आजादी के बाद उनके मौलिक आर्थिक चिंतन पर बहुत ही कम शोध हुए हैं। आज हम जिसे अंग्रेजी में इकोनॉमिक्स ऑफ डिस्क्रिमिनेशन कहते हैं वो वास्तव में पाश्चात्य अर्थ चिंतकों की नहीं बल्कि बाबा साहेब मौलिक समझ थी। शायद इसी को समझते हुए उन्होंने पिछड़ों के लिए पृथक अधिकार की मांग की थी। एक लोकतांत्रिक प्रणाली में विधि द्वारा आर्थिक समता प्राप्त करने के उनके प्रयासों को उनके धुर विरोधी भी नहीं नकार सकते। केवल समता मुल्क अर्थशास्त्र अपितु मौद्रिक अर्थ चिंतन भी उनका योगदान उच्च कोटि का था। वह ना केवल जाति मुक्त समाज, समानता, मौलिक अधिकार, शिक्षा, नैतिकता के पक्ष में थे पर वह एक उम्दा अर्थशास्त्री भी थे। अपने कोलंबिया यूनिवर्सिटी से। और पीएचडी की डिग्री प्राप्त की और लंदन स्कूल ऑफ इकोनॉमिक्स से डीएससी की डिग्री प्राप्त की। कोलंबिया यूनिवर्सिटी में अध्ययन करते समय उन्होंने शोध प्रबंध लिखा जो कि "ब्रिटिश भारत में प्रांतीय अर्थव्यवस्था का विकास" के नाम से जाना जाता है।इस ग्रंथ में बाबा साहब ने अंग्रेजों द्वारा किया जाने वाला आर्थिक शोषण का पर्दाफाश किया था। उन्होंने विस्तार से विशेषण कर ब्रिटिश सरकार द्वारा उद्योगपतियों को दिया जाने वाला लाभ और नौकरशाही की वजह से भारत की अर्थव्यवस्था के शोषण का चित्रण किया था। इस ग्रंथ में बाबा साहब ने अंग्रेजों द्वारा किया जाने वाला आर्थिक शोषण का पर्दाफाश किया था और ब्रिटिश सरकार की कड़ी निंदा की। अर्थशास्त्र के

विद्वानों ने इस ग्रंथ की बहुत प्रशंसा की और अंबेडकर को नीग्रो जाति के उद्धारक बुकर टी वाशिंगटन से तुलना की और उनको भारत का बुकर टी वाशिंगटन कह कर सम्मानित किया। इस ग्रंथ में इकोनॉमिक्स के क्षेत्र में मूल समस्याओं को उठाया गया था और सिद्धांतों का इस प्रकार अध्ययन किया गया था, जो कहीं और नहीं देखने को मिल सकता था। 1923 मे बाबा साहब का महान ग्रंथ ''द प्रॉब्लम ऑफ रूपीस'' प्रकाशित किया गया जो कि भारत में इकोनॉमिक्स के क्षेत्र में बहुत ही महान कार्य था, क्योंकि इससे ग्रंथ के आधार पर आज भारत का केंद्रीय बैंक आरबीआई काम कर रहा है। जिसकी वजह से हमारी जिंदगी बहुत सुखद और आसान है। ''इतिहास बताता है कि जहां नैतिकता और अर्थशास्त्र संघर्ष पर आते हैं, जीत हमेशा आर्थिक के साथ होती है। निहित स्वार्थों को कभी भी स्वेच्छा से खुद को विभाजित करने के लिए नहीं जाना जाता है जब तक कि उनकी तुलना करने के लिए पर्याप्त बल न हो'' बाबाबा साहेब इकोनॉमिक्स के क्षेत्र में विद्वान थे उनको इस विषय की गहरी समझ थी। उन्होंने ब्रिटिश सरकार द्वारा भारत में लगाए की जमाबंदी पर एक प्रबंध लिखा जो कि प्रोफेसर डिसेंट्रलाइजेशन ऑफ इंपीरियल फाइनेंस इन ब्रिटिश इंडिया के नाम से जाना जाता है। बाबा साहेब को द फादर ऑफ मॉडर्न इंडिया के नाम से जाना जाता है और वह इसलिए है क्योंकि उनके द्वारा बताए गए सिद्धांत और विचारों पर एक बहुत ही कुशल और समृद्ध भारत का निर्माण हो सकता है। बाबा साहेब ने उस समय बहुत सारी आधुनिक अर्थशास्त्र की समस्याओं जैसे मुद्रा की समस्या, जमाबंदी, शहरीकरण का चित्रण किया। उनको सुधारने के लिए दिए गए विचार वर्तमान भारत के हालातों को सुधारने के लिए काफी सहायक हो सकते हैं। अगर उनके विचारों को सही से और अन्य निष्पक्ष रूप से लागू किया जाए तो वर्तमान भारत के हालात बहुत सुधर सकते हैं। क्योंकि आज के वर्तमान भारत के आर्थिकता को उनके विचारों की बहुत जरूरत है। वह समानता के बहुत हितैषी थ। उन्होंने केबल एक वर्ग के लोगों के बारे में ना सोच कर सारे भारत देशवासियों के बारे में सोचा। बाबा साहब कहा करते थे किसी भी देश की तरक्की उस देश में रहने वाली औरतों की तरक्की पर निर्भर करती है। उनका यही मानना था कि पढ़ो लिखो और संघर्ष करो। विचार के प्रसार के लिए उसका स्वतन्त्र

प्रचार और अध्यक्षा आवश्यक है, किन्तु बाबा साहेब जैसे विश्व रत्नों के विचार की अम्बेडकर वादियों से ज्यादा सवर्ण और मनुवादियों को आवश्यकता है। भीमराव का विचार प्रायोगिक और क्रांतिधर्मी है, किन्तु जैसा आज हो रहा है, वो हिंसा और नफरत के सामाजिक परिवर्तन नहीं चाहते थे। वो बुद्ध के हृदय परिवर्तनं के विचार के अनुगामी थे। तो क्या हमें बाबा साहेब के प्रबुद्ध बौद्धिक आर्थिक और सामाजिक विचार से अहिंसा नहीं सीखनी चाहिए। इस अहिंसावादी सोच पर केवल महात्मा गांधी का एकाधिकार नहीं है, क्योंकि उन्हीं के शब्दों में ''आर्थिक समता अहिंसक आर्थिक विकास की प्रथम कुंजी है। भारत रत्न बाबा साहेब से बड़ा समता और समानता का प्रणेता आधुनिक भारत में और कोई भी नहीं''।

व्यापार, टीकाकरण और अर्थशास्त्र ! क्या स्वास्थ्य ढांचा बाजार से मुक्त रहेगा?

अर्थशास्त्र के विद्यार्थियों को एक परिभाषा जो बड़े ही मनोयोग से सिखाई जाती है कि अंर्तराष्ट्रीय व्यापार आर्थिक विकास का इंजन है। कई दृष्टि में आज इस पर पुनर्विचार करने की आवश्यकता है। संदर्भ यह है कि जब भूमंडलीकरण जनित और पूंजीवादी शक्तियों से संच से संचालित देशों में भी कोरोना महामारी विकराल रूप धारण कर चुकी है, उस समय भी अर्थशास्त्र के कुछ ज्ञानी पंडित अंर्तराष्ट्रीय व्यापार को आर्थिक विकास का एक प्रमुख इंजन मान रहे हैं। इस पर बड़े-बड़े शोध हो रहे हैं। ये सारे अर्थशास्त्री पूंजीवादी शोषण के समर्थक हैं। ये विडंबना ही है कि जहां एक तरफ तो अमीर और पूंजीवादी देशों द्वारा गरीब और कम आय वाले देशों का शोषण किया जा रहा है, तो वहीं दूसरी ओर उन्हें कोरोना वैक्सीन से वंचित किया जा रहा है। ये मैं नहीं कई बड़े संगठनों की रिपोर्टें कह रही हैं। यह एक विकट प्रश्न है कि आखिरकार क्यों बड़े देश जब लाभ लेना होता है तो छोटे और विकासशील देशों में अपने बाजार खोजते हैं और मुनाफा कमाते हैं किंतु जब समस्या पूरी मानवता की है तो आखिर स्वास्थ्य को एक वैश्विक वस्तु बनाकर क्यों एक समान रूप से वितरित क्यों नहीं करते? दूसरे शब्दों में यह कोरोना महामारी विकसित देशों द्वारा गरीब देशों को हस्तांतरित हुई है, इतिहास गवाह है कि कभी भी किसी भी महामारी का जन्म पिछले या विकसित देशों में नहीं हुआ महामारी का जन्म एक कारण पूंजीवादी आर्थिक ढांचा भी है। आप इसको ऐसे समझ सकते हैं कि विकसित देशों में पर्यटन करने वाले और पूंजी का निर्गमन करने वाले यात्री अपने साथ ना केवल पूंजी अपितु संक्रमण भी लेकर चलते हैं। महामारियों का रूप सदैव से प्रतिगामी रहा है। अब यदि इस तरह के व्यापार और अंर्तराष्ट्रीय संबंधों से महामारी का फैलाव पूरी दुनिया में होता है, तो इसके लिए एक वैश्विक मंच भी होना चाहिए किंतु खेद का विषय यह है कि अंतर्राष्ट्रीय व्यापार और खुले अंर्तराष्ट्रीय संबंधों की वकालत करने वाले पूंजीवादी देश इस संकट की घड़ी में विकासशील और गरीब देशों का साथ छोड़ रहे हैं और समर्थन दे भी रहें हैं तो उसमें

मुनाफे की बात सोच रहे हैं यह एक प्रकार से गरीब देशों की सांस्कृतिक और स्वास्थ्य विरासत पर अप्रत्यक्ष रूप से हमला है? क्या यह अमीर और पूंजीवादी राष्ट्रों का नैतिक का कर्तव्य नहीं कि वे छोटे और गरीब रास्तों को पूर्णतया मुफ्त में वैक्सीन उपलब्ध कराएं। हर एक वस्तु की तरह स्वास्थ्य का भी मांग और पूर्ति का सिद्धांत होता है किंतु जहां विकसित राष्ट्र इसे अपने वृहद संसाधनों और तकनीक द्वारा पूरा कर लेते हैं किंतु पिछड़े राष्ट्र पिछड़ी हुई तकनीकों और संसाधनों की कमी के कारण पूरा नहीं कर पाते इसी कारण गरीब रास्तों में यह कर्तव्य नैतिक कल्याण के लिए कार्य कर रही सरकार का होता है किंतु किंतु वैक्सीन के इस मांग पूर्ति चक्र को पूरा करने के लिए हमें कुछ निजी हाथों की भी आवश्यकता पड़ती है। यदि गरीब देशों में वैक्सीनेशन के प्रति रूचि ज्यादा होगी तो इसका कोई प्रभाव वहां की स्वास्थ्य व्यवस्था पर नहीं पड़ेगा। एक प्रकार से टीकाकरण एक बाह्यता पैदा करता है जिससे पूरे समाज को लाभ होता है किंतु स्वयं में अल्प विकसित और लोकतांत्रिक समाज कई मायनों में इस वैक्सीनेशन हैजिटेन्सी का शिकार हो जाते हैं। इसके कई सामाजिक आर्थिक मनोवैज्ञानिक और राजनीतिक कारण भी होते हैं। जबकि कोरोना महामारी का दूसरा दौर भारत में एक भयावह स्थिति में आ चुका है, हमें इस संदर्भ में कुछ नई नीतियों का अनुपालन करना होगा यदि यदि विकसित और पूंजीवादी देश हमारी मदद नहीं करेंगे तो हमें राज्यवार विकेंद्रीकृत तरीके से ही वैक्सीन उत्पादन पर जोर बढ़ाना होगा किंतु इसके लिए सरकार को वैक्सीनेशन प्रणाली को कहृपीराइट एक्ट से मुक्त करना होगा दूसरे अर्थों में कहें तो उन्हें करोना की वैक्सीन बनाने के फार्मूले को सार्वजनिक वस्तु बनाकर सारी फार्मास्यूटिकल शोध इकाइयों को और कंपनियों को देना होगा, जिससे प्रतियोगिता का लाभ यह होगा कि यह कम कीमत पर लोगों को सुलभ हो जाएगी। यदि सरकारी हस्तक्षेप भी उत्पादन को बढ़ाने में नाकाम रहा तो भारतीय फार्मासिस्ट कल कंपनियों द्वारा की गई प्रतियोगिता ओर उस व्यवस्था से जनता को ही लाभ नहीं मिलेगा अर्थशास्त्र, में इसे हम बाजार असफलता कहते हैं।

भारत जैसी अवस्था में अभी है उस समय स्वास्थ्य क्षेत्र की बाजार असफलता कोरोना से मृत्यु दर को और अधिक बढ़ाएगी जहां एक और भारत जैसे देश अपनी स्वास्थ्य

सेवाओं पर सकल घरेलू उत्पाद का बहुत ही कम खर्च करते हैं वहां पर वहां पर वैक्सीनेशन प्रोग्राम पर कुछ कंपनियों का एकाधिकार खतरनाक है। अतः आत्मनिर्भरता की बात करने वाला देश भारत इस बात को जितनी जल्दी समझ ले बेहतर रहेगा क्योंकि अर्थशास्त्र में मांग और पूर्ति का संतुलन मुनाफा कमाने के लिए ही बनाया गया है? किंतु जब मानवता संकट में हो वहां इस मांग और पूर्ति का संतुलन मानवता की सेवा के लिए होना चाहिए यदि फार्मास्यूटिकल कंपनियों के मध्य प्रतियोगिता वैक्सिंग उत्पादन को विकेंद्रीकृत तरीके से भारत के हर गांव शहर शहर तक पहुंचाएगी इस महामारी से लड़ने में हमें महामारी से लड़ने में हमें अधिक संबल मिलेगा। यदि हम ऐसा ना कर सके तो इसके दो नुकसान होंगे पहला हमारा स्वास्थ्य जांचा जो पहले से ही कमजोर नीव पर टिका है, भरभरा कर गिर जाएगा और कोरोना से होने वाली मृत्यु दर और बढ़ेगी इसका प्रभाव अन्य रोगों की समुचित चिकित्सा पर भी होगा जहां हम यह तर्क नहीं दे रहे हैं कि स्वास्थ्य बाजार को खुले हाथों में छोड़ दिया जाए किंतु सरकारी हस्तक्षेप द्वारा वैक्सीनेशन उत्पादन को और वसीम निर्माण फार्मूले को सार्वजनिक वस्तु घोषित कर सार्वजनिक करने से जनता को ही लाभ मिलेगा। याद रखें मांग और पूर्ति का सिद्धांत जानने वाला है तोता भी अर्थशास्त्री हो सकता है किंतु जहां हम यह सिखाएं की व्यापार विकास का इंजन है और इसका आधार लाभ हो वहां पर ऐसे माननीय शास्त्र की परिभाषा समझाने वाले अर्थशास्त्री की भी कमी है। हम किस आधार पर अर्थशास्त्र की नई और मानवी सोच रखेंगे यह पूरी दुनिया देख रही है। दलगत राजनीति से ऊपर उठकर और आर्थिक विद्वता के माया जाल से ऊपर उठकर यदि वैक्सीनेशन प्रोग्राम को विकेंद्रीकृत नहीं किया गया तो वह दिन दूर नहीं जब हम कोरोना महामारी से लड़ने वाली लड़ाई हार जाएंगे। क्या हम इस हार के लिए तैयार हैं? कतई नहीं साथ ही साथ हमें इसमें जनभागीदारी और प्रतिनिधित्व की भी आवश्यकता है? अगर ऐसा नहीं हुआ तो भी खुला बाजार हमें लूटने के लिए तैयार है उम्मीद है हम इस संकट से उबरने में कामयाब होंगे और टीकाकरण की तरह पहुंच से करोना को मात दे सकेंगे।

लाभ अथवा लाशें: वैक्सीन पेटेंट संरक्षण की नीति कैसी होनी चाहिए?

2020 से विश्व, नॉवल कोरोना वायरस (जिसे आप और हम कोविड के नाम से जानते हैं) के चपेट में हैं और वर्ष 2021 ने भारत पर केहर ढाया हैं। मार्च से लेकर मई तक लगातार सक्रमण में वृद्धि हो रही हैं और रोज़ना 4 लाख से अधिक लोग संक्रमित हो रहे हैं। अभी तक भारत में 2 करोड़ से अधिक लोग संक्रमित हो चुके हैं और मृत्यु दर 171 प्रति 10 लाख लोग हैं (वास्तविकता इसके परे हैं परन्तु यह आज का विषय नहीं हैं)। ऑक्सीजन, दवा और वैक्सीन की कमी हैं जिसके चलते इस महामारी ने विकराल रूप धारण कर लिया हैं। ऐसे में वैक्सीन के पेटेंट को लेकर बहस बड़ी बेमानी सी लगती हैं। भारत और दक्षिण अफ्रीका ने विश्व व्यापर संगठन (डब्ल्यू टी ओ) से गुहार लगायी हैं पेटेंट संग्रक्षण को हटा देने के और अमेरिका संसद में राष्ट्रपति बिडेन ने इसका समर्थन किया जिसने इस मुद्दे को और गरमा दिया हैं। विश्व में इस समय विकसित देश जैसे जर्मनी, ऑस्ट्रेलिया, यूनाइटेड किंगडम, स्विट्जरलैंड, जापान, यूरोपीय संघ ने इसकी खिलाफत की हैं। मानवीय दृष्टिकोण से देखे तो ये समर्थन पूरे मानव जाति के खिलाफ हैं। इसलिए जब अरबपति व्यवसायी बिल गेट्स ने पेटेंट संरक्षण का समर्थन किया तो विश्व का एक बड़ा समुदाय उनके खिलाफ हो गया। यदि इसके विशुद्ध व्यवसाय के चश्मे से देखे तो लगता हैं की जिन कंपनी ने इतने पैसे निवेश कर इन पेटेंट्स को विकसित किया उन्हें लाभ कमाने का भी अधिकार हैं। परन्तु आज की स्थिति लाभ की नहीं हैं और विकसित देशों द्वारा दिए जा रहे तर्क भी सही नहीं बैठते। विश्व व्यापर संगठन का गठन मुक्त व्यापर, क्षेत्रीय असमानता को काम करना तथा देशों में प्रतिस्पर्धा बढ़ाना। इसके चलते सभी बड़ी कम्पनियाँ विकाशील देशों में व्यापार के लिए आयी। जितने भी दवा कंपनी हैं वे सब भारत जैसे देशो में आये क्योंकि यहाँ श्रम सस्ता हैं और सरकारे इन्हें आकर्षित करने के लिए कई तरह की रियायत देते हैं. ऐसे में कभी भी गुणवत्ता की बात नहीं की गयी। भारत ने विगत 40 वर्षो में अपनी उत्पादन क्षमता में बड़ी वृद्धि की हैं। साथ ही इन बड़े दवा कंपनी तथा अन्य कंपनी के मान दंड

को मानते हुए उत्पादन किया हैं इन कंपनियों का कहना हैं की यदि पेटेंट संगरक्षण हटा दिया जाए तो ये देश गुणवत्ता को नहीं रख पाएंगे जो की किसी भी तर्क पर सही नहीं बैठता। दूसरा तर्क दिया जा रहा हैं की यदि तकनीक दे भी दी जाए तो इतने काम समय में निर्माण नहीं हो पायेगा क्या यह दवा कम्पनियाँ जानती हैं की वायरस कब तक समाप्त हो जाएगा? यदि हाँ तो फिर विश्व से बाते छुपाई जा रही हैं और यदि नहीं तो यह तर्क भी खारिज किया जाता हैं। भारत जैसे अनेक विकाशील देश हैं और कई विकसित देश जैसे कनाडा और दक्षिण कोरिया जिन्होंने डब्लू एच ओ को प्रस्ताव भेजा हैं की वे वैक्सीन बनाने की क्षमता रखते हैं। यदि तकनीक का हस्तांतरण किया जाए। यदि हम दवा कंपनी की बात करे तो इन्होने अभी तक की बिक्री से ही अपने निवेश से कई गुना लाभ कमा लिया हैं और अब वे लोगों की लाशों पर खड़े होकर लाभ कमाने चाहते हैं। इस पूरे प्रकरण से विकाशील देशों के लिए एक बहुत बड़ी सीख हैं। वे इन चंद देशो के पिछलग्गू बने रहेंगे तो हर त्रासदी में इसका मोल चुकाना होगा। जरुरत हैं अपने शिक्षण व्यवस्था में सुधार लाना, शोध में अधिक निवेश करना। राजनैतिक पार्टी जब अपने किये कॉर्पोरेट जगत से चंदा लेती हैं तो सत्ता में आने पर इन मित्रों से शोध के लिए भी चंदा मांगे और याद रहे अंत में इन कॉर्पोरेट्स के ही झोले में लाभ जाएगा। रॉकफेलर और अन्य कई बड़े व्यावसायिक घराने हैं जिन्होंने अनगिनत शोध कार्यक्रमों में निवेश किया हैं (निहित स्वार्थ के लिए) जिसने विकसित देशो की मदद की हैं। परन्तु यह दीर्घ कालीन योजना हैं। हमे इस वक्त त्वरित उपाय चाहिए। कीन्स की माने तो वैसे भी दीर्घ काल में हम सब मर जाएंगे। विकसित देशो को भूलना नहीं चाहिए की यदि विकाशील देश पाने व्यापर में खुलापन को थोड़ा भी काम कर दे तो नुकसान उनका भी उतना ही होगा और जिस चीन को लेकर वे इतनी बाते कर ररहे हैं (तकनीक साझा करने हेतु), यदि वह मूल जीनोमिक अनुकम नहीं देता तो वैक्सीन कभी बनती नहीं। इसलिए अभी लाभ और अपने अहंकार को छोड़, इन्हें तुरंत वैक्सीन के पेटेंट के को छोड़ देना चाहिए।

पूर्ववर्ती सरकारों की आर्थिक नीति में स्वास्थ्य की प्रति उदासीनता महामारी की भयावहता का एक प्रमुख कारण है

हिंदी सिने इतिहास की महान फिल्मों में एक आंनद मूवी के आरम्भिक दृश्यों में नायक अमिताभ बच्चन कहते हैं, "जिन लोगों के पास नमक खरीदने के पैसे नहीं उन्हें मैं दवा खरीदने के लिए कैसे कहूं?"। ऋषिकेश मुखर्जी की इस फिल्म को रिलीज हुए करीब 50 वर्ष से अधिक समय बीत चुका है, लेकिन फिल्म को वो वाक्य इस महामारी के दौर में पूरी तरह सच साबित हो रहा है और विशेष रूप से गावों में। जहाँ एक ओर कोरोना के कारण मेट्रो सिटी कह जाने वाले तमाम शहरों के बड़े अस्तपाल कोरोना रोगियों और शवों के ढेर से भरे पड़ें हैं तो वहीं गावों का हाल और भी बुरा है। आखिर क्या कारण था, राज्य का विषय होने के बावजूद भी हमारा स्वास्थ्य ढांचा इन 70 वर्षों में कमजोर का कमजोर ही रहा है। जहां एक और जल और जन स्वास्थ्य की समस्या पहले से ही विकराल हो वहां कोरोना से निपटने में तंत्र की विफलता का यह एक प्रमुख कारण है।

भारत में सार्वजनिक क्षेत्र के सूचक और सकेंतक भी इसी ओर इशारा करते हैं। सार्वजनिक स्वास्थ्य पर शोध करने वाली श्वेता खंडेलवाल कहती हैं "सार्वजनिक स्वास्थ्य और पोषण (पीएचएन) के कुछ हालिया आँकड़ों पर यदि प्रकाश डाला जाए तो-विकासशील दुनिया के 90: अल्पपोषित (अविकसित) बच्चे एशिया और अफ्रीका में रहते हैं। अकेले भारत में दुनिया के हर 10 में से 3 से भी अधिक बच्चे अविकसित हैं। इसके अलावा, भारत में प्रति वर्ष कम वजन वाले बच्चों की संख्या (लगभग 74 लाख) भी सर्वाधिक है। यह स्थिति और भी खराब हो जाती है जब इस वंचित अवस्था के शुरुआती समय में भी बचने में सफल होने वाले शिशुओं में से केवल 25% नवजात शिशुओं को हीं जन्म के एक घंटे के भीतर स्तनपान का अवसर मिल पाता है। जबकि डब्ल्यूएचओ (विश्व स्वास्थ्य संगठन) और अन्य सभी संयुक्त राष्ट्र निकाय छह महीने की आयु तक केवल स्तनपान पर ही जोर डालते हैं, भारत में आधे से भी कम (46%) बच्चे इसका लाभ उठा पाते हैं।" अब यदि जैसा महामारी विज्ञान के जानकार बता रहे हैं कि तीसरी लहर से

बच्चों को बहुत खतरा है और पहले से ही हमारा ढांचा इतना जर्जर है, आने वाली स्थितयों को सोच कर रूह कापं जाती है।

भारत में सार्वजनिक स्वास्थ्य की एक दूसरी तस्वीर बढ़ती दर से खतरनाक हों रहे गैर संचारी रोगों की है। गैर-संचारी रोग किसी संक्रामक वायरस के कारण नहीं होते, बल्कि ये पुराने रोग होते हैं, जो आनुवांशिक, शारीरिक, पर्यावरणीय और व्यवहारिक कारकों के चलते होते हैं। भारत में ये रोग देश की कुल वार्षिक मृत्युदर में लगभग 63 फीसदी (58.7 लाख) का योगदान करते हैं। विश्व स्वास्थय संगठन की रिपोर्ट के अनुसार कैंसर, मधुमेह और उच्च रक्तचाप जैसे रोग भारत की आर्थिक और स्वास्थ्य प्रणाली पर व्यापक प्रतिकूल प्रभाव डालेगें और वर्ष 2030 तक करीब 41 लाख करोड़ रूपये इन गैर संचारी रोगों पर खर्च होंगे लेकिन इसके विपरीत स्वास्थ्य सेवाओं पर सरकारी खर्च काम होगा, अर्थात ज्यादातर आबादी अपनी जेब से इन स्वास्थ्य खर्चों को वहन करेगी। ये गैर संचारी रोग बदलती जीवन शैली और अनियंत्रित विकास के कारण बढ़ते हैं। गैर संचारी रोगों के बढ़ने का पमुख कारण विलासिता आधारित आर्थिक वृध्दि के मोह पाश में फंसा होना भी है। उच्च आय वृध्दि वाले कई देश भी इस संक्रांमक और गैर संचारी देशों के दोहरी मार झेल रहे हैं, उच्च मृत्यु दर वाले कई देशों ने बताया है कि कोविड से सबसे ज्यादा मौतें बुजुर्गों और उन लोगों की हुई हैं, जो डायबिटीज, उच्च रक्तचाप और हृदय रोग जैसे एक या एक से अधिक रोगों से पीड़ित थे। अमर उजाला समाचार पत्र के एक लेख के अनुसार कोरोना काल से पहले भी जागरूकता की कमी और स्वास्थ्य देखभाल तक पहुंच की कमी के चलते गैर संचारी रोगों से पीड़ित लोग इलाज से वंचित थे। कोविड-19 के बढ़ते बोझ ने गैर संचारी रोगों से पीड़ित लोगों की स्थिति को कमजोर बना दिया है, क्योंकि जिन लोगों में गैर-संचारी रोगों की पुष्टि हो चुकी थी, उनमें से भी ज्यादातर को महामारी के दौरान बीमारियों को नियंत्रित करने के लिए पर्याप्त स्वास्थ्य सुविधाएं नहीं मिल पा रही थीं। जून के अंत तक, भारत में पांच लाख से अधिक कोविड-19 के मामले थे और इनमें से 70 प्रतिशत से अधिक मामले सह-रुग्णता के कारण थे। अब अब अगर अवकलोन करें तो साफ जाहिर है कि विकासशील देश भारत ने अपनी सांस्कृतिक और राष्ट्रीय परम्पराओं की अवहेलना कर ऐसे आर्थिक मॉडलों को तरजीह दी जिसने आज सम्पूर्ण देश को विनाश के मुहाने पर ला खड़ा

कर दिया है। अगर पिछली सरकारों ने विकेन्द्रीकृत आवश्यकता आधारित गांधीवादी आर्थिक मॉडल अपनाया होता तो आज हमें ये भयावह दृश्य दिखाई नहीं देता। हालांकि पिछले कुछ वर्षों में एक जनाधिकार के तौर पर स्वास्थय संबधी एकीकृत कार्यक्रम चालू हुए किन्तु ये भी एक कटु सत्य है कि आजादी के 75 वर्षों के बाद भी हमारा चिकित्सक रोगी अनुपात कुछ अफ्रीकी देशों से भी बुरा है। भारत लगभग प्रति 10000 की आबादी पर एक डाक्टर है जबकि विश्व स्वास्थ्य संगठनों के अनुसार प्रति 1000 की आबादी-996 पर 1 डॉक्टर होना चाहिए।

8 जुलाई, 2019 की रिपोर्ट में कैग ने कहा, ''जबकि स्वास्थ्य मंत्रालय ने 2025 तक भारत के सार्वजनिक स्वास्थ्य व्यय को अपने सकल घरेलू उत्पाद (जीडीपी) के 2.5 फीसदी तक बढ़ाने का प्रस्ताव रखा है, यह जीडीपी के 1.02-1.28 फीसदी के एक छोटे दायरे के भीतर बना हुआ है।'' ये प्रवत्ति पिछली सरकारों ने भी अपनाई थी। लेकिन मुद्दा यहां भारत के स्वास्थ्य ढाँचे का कच्चा चिट्ठा खोलना नहीं अपितु सरकारों को अपनी पूर्व की सरकारों से कैसे अलग राह बनानी है, इस बात का है। इस महामारी के चलते असंगठित क्षेत्र के लाखों कामगार गरीबी रेखा के शिकार हो जायेंगे। ऐसे समय में वृद्धि के पुराने मॉडलों जिनमें स्वास्थ्य और शिक्षा पर सरकारों ने उदासीनता दिखलाई और इन विशेष क्षेत्रों को पूंजीवादी खुली बाजार व्यवस्था के हाथों में छोड़ दिया, को हमें त्यागना होगा। विपक्ष में रहकर आज कई नेता वर्तमान राजग सरकार को भले ही ''दोस्ताना पूंजीवाद'' की सरकार कहें किंतु सत्य यह भी है कि निजीकरण और उदारीकरण के रूप में पिछली सरकारों ने स्वास्थ्य के प्रति एक लचर रवैया अपनाया था। ये आंकड़ें केवल पिछले दशक से भयावह नहीं हैं अपितु पिछले कई दशकों से ऐसे ही हैं, कोरोना जैसी महामारी ने इसका नंगा सच विश्व पटल पर ला खड़ा कर दिया है। समय अब भी है कि पूंजीवाद के इस अमानवीय चेहरे को त्याग दिया जाये क्योंकि बाजार हर एक वस्तु की कीमत वसूल करता है, चाहे वो मानवीय संवेदना क्यों न हो। ऋषिकेश मुखर्जी आज आनंद बनाते तो ये संवाद जरूर रखते, जिनके पास खाने और दवा खरीदने के पैसे नहीं उनसे संवेदना की उम्मीद करने को कैसे कहूं?

दम तोड़ती नदियों, महामारी और हमारा समाज। जिम्मेदार कौन?

राजकपूर अभिनीत गुजरे जमाने की फिल्म का चर्चित गीत हम उस देश के वासी हैं, जिस देश में गंगा बहती है, आजाद भारत की आत्मा और पवित्रता का अलग स्तर पर ही मानवीकरण करता है। हिन्दी सिनेमा के महान गीतकार शैलेन्द्र ने आज से 60 वर्ष पहले जब बोल लिखे थे, तब शायद उन्हें इस बात का अहसास भी नहीं रहा होगा कि जिस गंगा की पवित्रता के माध्यम से वे भारत की सुंदरता विश्व को दिखा रहे हैं, उसी गंगा की कालिमा और उस पर तैरते हुए शव आधुनिक भारत की एक धूमिल छवि भी दुनिया के सामने प्रस्तुत करेंगे। बात सिर्फ गंगा में तैरते अधजले शवों और मानव जनित प्रदूषण की नहीं भारत की अन्य जीवन जल धारा सरिताओं की अस्मिता भी की है। आज जिन लोगों को उत्तर भारत की नदियों उसके तटों पर शवों के ढेर देखकर पीड़ा हो रही हैं शायद ही इन लोगों ने कभी भी मानव को सभ्यता की प्रथम पहचान करने वाली नदियों की मिटती जीवन धारा के बारे में सोचा हो। जिन लोगों को अपनी सनातन परम्पराओं पर गर्व है वे भी भोगवादी संस्कृति का मुखर विरोध नहीं करते। नहीं तो भारत की नदियों कभी नाला नहीं बनती।

नदी-जल बचाओ अभियान के सत्याग्रही ज्ञानेन्द्र रावत ने एक बार कहा था इसे अपनी संस्कृति की विशेषता कहें या परंपरा, हमारे यहां मेले नदियों के तट पर, उनके संगम पर या धर्म स्थानों पर लगते हैं और जहां तक कुंभ का सवाल है, वह तो नदियों के तट पर ही लगते हैं। आस्था के वशीभूत लाखों-करोड़ों लोग आकर उन नदियों में स्नान कर पुण्य अर्जित कर खुद को धन्य समझते हैं, लेकिन विडंबना यह है कि वे उस नदी के जीवन के बारे में कभी भी नहीं सोचते। देश की नदियों के बारे में केंद्रीय प्रदूषण नियंत्रण बोर्ड ने जो पिछले दिनों खुलासा किया है, वह उन संस्कारवान, आस्थावान और संस्कृति के प्रतिनिधि उन भारतीयों के लिए शर्म की बात है, जो नदियों को मां मानते हैं। केंद्रीय प्रदूषण नियंत्रण बोर्ड ने अपने अध्ययन में कहा है कि देशभर के 900 से अधिक

शहरों और कस्बों का 70 फीसदी गंदा पानी पेयजल की प्रमुख स्रोत नदियों में बिना शोधन के ही छोड़ दिया जाता है। भारत की अहिंसावादी धार्मिकता ने पर्यावरणीय संतुलन पर सदैव बल दिया है। नदियों लोगों के अहिंसक आजिविका का साधन हैं न कि भोग की वस्तु। सरिताओं का जल जीवन के संरक्षण के लिए होता है किन्तु जहाँ अनियंत्रित विकास और उद्योगीकरण नदियों से उनकी प्राकृतिक सुंदरता छीन लें वहां जीवन ही संकट में आ जाता है। वेदकाल के हमारे ऋषियों ने पर्यावरण संतुलन के सूत्रों के दृष्टिगत नदियों, पहाड़ों, जंगलों व पशु-पक्षियों सहित पूरे संसार की और देखने की सहअस्तित्व की विशिष्ट अवधारणा को विकसित किया है। उन्होंने पाषाण में भी जीवन देखने का जो मंत्र दिया, उसके कारण देश में प्रकृति को समझने व उससे व्यवहार करने की परंपराएं जन्मीं। यह भी सच है कि कुछेक दशक पहले तक उनका पालन भी हुआ, लेकिन पिछले 40-50 बरसों में अनियंत्रित विकास और औद्योगीकरण के कारण प्रकृति के तरल स्नेह को संसाधन के रूप में देखा जाने लगा, श्रद्धा-भावना का लोप हुआ और उपभोग की वृत्ति बढ़ती चली गई। चूंकि नदी से जंगल, पहाड़, किनारे, वन्य जीव, पक्षी और जन जीवन गहरे तक जुड़े हैं, इसलिए जब नदी पर संकट आया, तब उससे जुड़े सभी सजीव-निर्जीव प्रभावित हुए बिना न रहे और उनके अस्तित्व पर संकट मंडराने लगा। असल में जैसे-जैसे सभ्यता का विस्तार हुआ, प्रदूषण ने नदियों के अस्तित्व को ही संकट में डाल दिया। पिछली सरकारों की गलतियों और आर्थिक नीतियों का खामियाजा भी नदियों ने भुगता। हिंडन, यमुना, सई, गोमती, रावी, कावेरी, सरयू, सतलुज सभी नदियों की यही दशा है। रावत ने आज से करीब दस वर्ष पहले के सर्वे में आगाह किया था दिल्ली के 56 फीसदी लोगों की जीवनदायिनी, उनकी प्यास बुझाने वाली यमुना आज खुद अपने ही जीवन के लिए जूझ रही है। जिन्हें वह जीवन दे रही है, अपनी गंदगी, मलमूत्र, उद्योगों का कचरा, तमाम जहरीला रसायन व धार्मिक अनुष्ठान के कचरे का तोहफा देकर वही उसका जीवन लेने पर तुले हैं। असल में अपने 1376 किमी लंबे रास्ते में मिलने वाली कुल गंदगी का अकेले दो फीसदी यानी 22 किमी के रास्ते में मिलने वाली 79 फीसदी दिल्ली की गंदगी ही यमुना को जहरीला बनाने के लिए काफी है। यमुना की सफाई को लेकर भी कई परियोजनाएं बन चुकी हैं और यमुना

को टेम्स बनाने का नारा भी लगाया जा रहा है, लेकिन परिणाम वही ढाक के तीन पात रहे हैं। देश की प्रदूषित हो चुकी नदियों को साफ करने का अभियान पिछले लगभग 20 साल से चल रहा है। नदियों की दशा का हाल ये सम्पूर्ण भारत का है। नदियों में आक्सीजन की मात्रा घट रही है और अपशिष्ट रसायनों की बढ़ रही है। गुजरात की अमलाखेड़ी, खारी, हरियाणा की मारकंडा, मध्य प्रदेश की खान, बेतवा, उत्तर प्रदेश की वरुणा, घाघरा, काली और हिंडन, आंध्र की मुंसी, महाराष्ट्र की भीमा सर्वाधिक प्रदूषित नदियों की सूची में शीर्ष पर हैं। गोमती और पांडु जैसी तो असंख्य हैं। प्रदूषण नियंत्रण बोर्ड के अनुसार, देश की 198 नदियों स्वच्छ पायी गयी हैं। ये सभी दक्षिण-पूर्व भारत की हैं। अकेले महाराष्ट्र की तकरीबन 45 से अधिक नदियों बुरी तरह प्रदूषित हैं। महामारी ने नदियों की इस दुर्दशा को और बढ़ा दिया है। दियों का प्रदूषित पानी जल संचारी और गैर संचारी रोग को भी जन्म देता हैं। पहले ही प्रदूषण की बीमारियों से जूझ रही नदियों और अपवित्र हो जायेगीं। हिंदुत्व के विचार का ध्रुवीकरण करने वाली सरकार को हिंदुत्व के प्रकृति संरक्षण के विचार से सीखना होगा। माता समान सरिताओं की आरती करने वाले देश को अपनी नदियों को धार्मिक पूर्वाग्रहों और परम्पराओं की कट्टरता से बचाना भी होगा। जिम, जिम्मेदारी समाज की भी है और सरकार भी। इस बुरे दौर में जिनको अंतिम विदाई का सम्मानजनक अधिकार नहीं मिलता उनके ही शव नदी में बहा दिए जाते हैं। किन्तु सोचियें कि क्या भारत में नदी केवल नदी या जल की एक बहती धारा नहीं। चाहे आधार धार्मिक हो या सामाजिक, नदियों को बचाने का अर्थ जीवन बचाना है। अनगिनत कचरों के बोझ तले दबी नदियों का पानी जब काला हो जाएगा और जब ये नाले में बदल जाएंगी तो यही समाज उनकी आराधना और आरती छोड़ देगा। नदियाँ अगर सदृश्य भगवान हैं, उन्हें कलुषित होने से बचाइए। भारत की सभी नदियों की रूपक जल जीवन धारा गंगा की पवित्रता ही भारत की पहचान है। हमें शैलेन्द्र के गीत को भागीरथ के तप की तरह सदा जिंदा रखना है कि हम उस देश के वासी हैं, जिस देश में गंगा बहती है, ।

शोषण, श्रम संगठन और निजी संस्थान ! आखिर श्रम सुधारों की दिशा कैसी होनी चाहिए?

सेंटर फॉर इंडियन इकोनामी (सी.एम.आई.ई.) ने अपने एक रिपोर्ट में बताया की करोना काल में 2.2 करोड़ लोग बेरोजगार हो गए हैं। इसी संस्था ने अभी अप्रैल 2021 में बताया की 70 लाख और लोग ने अपनी नौकरी गंवा दी हैं। विगत वर्ष अप्रैल-मई में कुछ 60 से 80 लाख श्रमिक शहरों से अपने गांव की ओर लौट आए जिसका प्रमुख कारण रोजगार का न होना था। इनमें से कोई भी खबर अखबारों की सुर्खी नहीं बना। भारत में गरीबी और बेरोजगारी को स्थाई मान लिया गया है। इन पर चर्चा होती है, नीति भी बनती है, परंतु जमीन पर बहुत अंतर नहीं दिखता। यदि स्थिति ज्यादा भयावह लगने लगे तो सरकार इनके आकलन की विधि बदल देती है। यह जो आंकड़े ऊपर लिखे गए हैं इनमें वेतन कटाई, आठ घंटों से अधिक काम करना, अस्थाई रूप से नौकरी से हटाना को लिया ही नहीं गया है। इस महामारी के दौर में अस्थिरता इतनी बढ़ गई है कि लोग कम वेतन पर, 8 घंटों से अधिक काम करने के लिए भी तैयार हो गए हैं। पूंजीवाद मे श्रम का शोषण निहित है। मार्क्स ने लिखा था कि श्रम ही अतिरिक्त उत्पादन करता है और उसी को इसका भाग नहीं मिलता। पिछले एक वर्ष में यह बहुत अधिक देखने को मिला है। अब ऐसे में सवाल यह उठता है कि सभी ट्रेड यूनियन कहां चले गए? निजी क्षेत्र में श्रम को संगठित क्यों नहीं होने दिया जाता? श्रम की सौदा शक्ति इतनी कम क्यों है? भारत के श्रम सुधार भी इस ओर कोई ठोस कदम उठाते हुए नहीं दिखते।

इसका एक सबसे सरल और स्पष्ट जवाब है, ट्रेड यूनियन का कमजोर हो जाना। सरकर का नया श्रम कानून भी इस संदर्भ में इसकी जड़ों को कमजोर करता है। वर्ष 1980 में जब श्रीमती इंदिरा गांधी दोबारा प्रधानमंत्री बन कर आई तो अर्थव्यवस्था की स्थिति अच्छी नहीं थी और दूसरे तेल संकट ने अर्थव्यवस्था की हालत और गंभीर कर दी थी। अंतर्राष्ट्रीय मुद्रा कोष से ऋण लिया गया जिसके चलते अर्थव्यवस्था में उदारीकरण के नाम पर कई बदलाव किए गए। इनमें से एक था

श्रम अधिनियम में परिवर्तन लाना ताकि हड़ताल और तालाबंदी पर लगाम लगाई जा सके। 1991 के उदारीकरण के बाद श्रम संगठनों पर और नकेल कस दी गई जिसके चलते उनके दांत निकाल लिए गए। वर्तमान में भारत में 12 ट्रेड यूनियन कार्यरत है परंतु इनमें से अधिकांश केवल नाम के लिए ही है। वाम दल के कई साथी बैंक कर्मचारी यूनियन, उच्च शिक्षा कर्मचारी यूनियन, जूनियर डॉक्टर यूनियन, के नाम गिनवाएंगे जो जमीन पर कर्मचारियों की हक की लड़ाई लड़ रहे हैं (किसी न किसी 12 ट्रेड यूनियन के समर्थन से)। भारत के इन 12 प्रमुख ट्रेड यूनियन की बात करें तो दो दशकों में कोई बड़ा नेता नहीं आया है और ना कोई ऐसा जन आंदोलन हुआ जिसमें कर्मचारियों के अधिकारों को लेकर दिल्ली के राजनैतिक गलियारों में हड़कंप मची हो। निजी क्षेत्र में श्रमिकों की स्थिति और खराब है। देश के श्रम अधिनियम के अंतर्गत निजी संगठनों में यूनियन बनाने की स्वाधीनता श्रमिकों को नहीं है। यदि हम केवल शिक्षा क्षेत्र की ही बात करें तो हजारों-लाखों शिक्षक कम मानदेय पर, विपरीत परिस्थितियों में काम करते मिल जायेंगे। नाम के लिए निजी संस्थान शिक्षक यूनियन है परंतु यह इनके हितों के लिए किसी भी प्रकार का सकारात्मक कदम नहीं ले पा रहे हैं। ऐसे अन्य कई क्षेत्रों में हैं जिस कारण से बनिया-सेठ अपना हिस्सा तो बढ़ा रहे हैं परंतु श्रमिकों का हिस्सा छीन कर यह हो रहा है। इसका उपाय क्या है? यदि श्रमिकों से एकता की आशा की जाए तो यह बेमानी होगी। जरूरत है श्रम नियमों और कानूनों में बदलाव जिस का कड़ाई से पालन किया जाए। संस्थाओं के मानकीकरण में यह देखा जाए कि संगठनों में किस हद तक श्रमिकों के हितों की रक्षा की जा रही है। हर संगठन में यूनियन को जरूरी किया जाए ताकि कर्मचारी खुलकर अपने मुद्दे उठा सके। लेबर कमिशन की और तटस्थ भूमिका होनी चाहिए। कर्मचारियों को विभिन्न श्रम कानूनों की जानकारी दी जाए। सभी कर्मचारियों को सामाजिक सुरक्षा लाभ दिए जाए जैसा प्रोविडेंट फंड, पीपीएफ, ग्रेच्युटी आदि। श्रम संगठनों के नेता केवल वोट बैंक की राजनीति ना कर श्रमिकों के हितों के लिए कार्य करें। सोचिए यदि 60 लाख श्रमिक रास्ते पर हैं और दिल्ली के संसद में इसकी गूंज नहीं हुई तो यह किसकी हार है।

शिक्षा, राजनीति और लोकतंत्र, क्या राजनीति में शिक्षित होना एक अनिवार्य तत्व है?

सनी देओल अभिनीत मूवी इंडियन का एक दृश्य है जिसमें अनपढ़ एक नेता मुंबई शहर, में राजनीतिक रैली के लिए कमिश्नर कार्यालय में आता है, वैसे ये दृश्य हास्य बोध से परिपूर्ण है। किन्तु इस दृश्य के अंत, में नायक कहता है कि "तुझे इस देश का सविंधान नहीं मालूम, इतिहास नहीं मालूम, भूगोल नहीं मालूम, क्लचर नहीं मालुम और अपने आप को नेता कहता है"। इस सिनेमाई दृश्य की वास्तबिकता आज यतार्थ रूप में दिखाई देती है। लोकतंत्र में राजनीतिक निर्णय जन कल्याण के लिए बहुत अधिक मायने रखते हैं और उसके लिए उनका तर्क प्रधान होना जरूरी है। सविधान हमें राजनीतिक समानता का अधिकार देता है किन्तु यदि उसी अधिकार के निर्णय तर्कहीनता के चरम को स्पर्श करें तो इस पर पुनर्विचार की आवश्यकता है। भारतीय राजनीति का परिदृश्य कुछ ऐसा ही है।

हमारे वर्तमान प्रधानमंत्री ने 2014 के चुनाव के पहले बड़े गर्व से कहा था कि वह चाय वाले हैं। जनता तक यह संदेश पहुंचाया गया कि चाय वाला भी विश्व के सबसे बड़े गणतंत्र का प्रधानमंत्री बन सकता है। उनके इस घोषणा के बाद देश में फिर से यह बहस छिड़ गई कि क्या सांसद विधायक बनने के लिए कोई न्यूनतम डिग्री होनी चाहिए? वर्तमान में पांच राज्यों के चुनाव हुए जिसमें से पश्चिम बंगाल का चुनाव सबसे निर्णायक माना गया। यहां तृणमूल कांग्रेस जिसने अपनी सरकार बनाई है उसने मनोरंजन व्यापारी को बालागढ़ क्षेत्र में टिकट दिया और आज वह वहां के विधायक है। यदि आप मनोरंजन व्यापारी को गूगल पर खोजेंगे तो पाएंगे कि वे रिक्शा चलाते हैं, लेखक है और नक्सलवाद के समर्थन और कार्य करने हेतु जेल भी गए हैं। अब यह दो उदाहरण इस बात पर सोचने को मजबूर कर देते हैं कि क्या वास्तविकता में राजनीति में किसी प्रकार की औपचारिक शिक्षण की आवश्यकता नहीं होती? क्या केवल व्यक्ति का किसी समुदाय, जाति, वर्ग, लिंग का होना ही पर्याप्त है? क्या आपका समाज में रसूख ही आपको मत दिलवाता

है? क्या आप की पार्टी के विचार किसी भी व्यक्ति को चुनाव जिता सकते हैं? (आज के संदर्भ में यह सही नहीं है कि व्यक्ति पूजा पार्टी से सर्वोपरि हो गई है)। इन सब बातों पर विचार करना इसलिए आवश्यक है क्योंकि वर्तमान महामारी के दूसरे चरण में देश के स्वास्थ्य व्यवस्था की कलई खोलकर रख दी है चारों तरफ अस्पताल में बिस्तर की कमी ऑक्सीजन की कमी डॉक्टर और अन्य स्वास्थ्य कर्मियों की कमी बाजार में दवा की कमी और कालाबाजारी हो रही है। ऐसे में यदि हमारे चुने हुए प्रतिनिधि कम पढ़े लिखे हो तो व्यवस्था सुधारने के स्थान पर और बिगड़ जाएगी। यदि हम हिंदी बोली वाले राज्य ही ले लें तो पाएंगे कि मंत्री, सांसद, विधायक-पापड़, यज्ञ, योग, गोबर, गोमूत्र, काढ़ा आदि वैज्ञानिक उपाय बता रहे हैं जिससे भोली जनता विचलित हो रही है और कई जगह पर भ्रमित होकर मान भी रही है। ऐसे में यदि शिक्षित जनप्रतिनिधि होते तो विज्ञान का समर्थन करते और नौकरशाही पर भी सवाल करते। अपनी बात की पैरवी करने हेतु केरल का उदाहरण दे रही हूं। जिस प्रकार इस राज्य ने इस महामारी का सामना किया है वह काबिले तारीफ है ऐसा ही कुछ महाराष्ट्र और उड़ीसा में भी देखने को मिलता है। यह समझना बहुत आवश्यक है कि इस समय भारत अपने सकल घरेलू उत्पाद का 0.36% ही स्वास्थ्य पर खर्च कर रहा है। 2021 के आर्थिक सर्वेक्षण के अध्ययन से पता चलता है कि कुल आवंटन में जो वृद्धि की गई है वह अनुमानित से भी कम है। भविष्य के लिए लक्ष्य रखा गया है कि कुल सकल घरेलू उत्पाद का 3% स्वास्थ्य को दिया जाए। इस लक्ष्य को अमलीजामा पहनाने के लिए यह जरूरी है कि हमारे प्रतिनिधि संसद में सही सवाल उठाएं, साथ ही नौकरशाही को हावी ना होने दे। पाया गया है कि जिन क्षेत्र में पढ़े-लिखे प्रतिनिधि है वहां विकास की दर अच्छी रही है सार्वजनिक वस्तुओं में भी वृद्धि देखी गई है। परंतु यह परिवर्तन आपके और मेरे बोलने-कहने से नहीं होगा। इसके लिए संविधान में परिवर्तन लाना होगा जिसके लिए सभी राजनैतिक पार्टियों में सहमति लानी होगी। एक वर्ग आपको ऐसा भी मिलेगा जो यह कहेगा कि ऐसा करने से देश में असमानता और बढ़ेगी। हां, शायद अल्पकाल में ऐसा ही होगा परंतु लंबे समय में हमें इसके लाभ नजर आएंगे। शिक्षित व्यक्ति नीति निर्धारण में अधिक भाग लेगा लोगों की समस्याओं को समझेगा और वैज्ञानिक सोच को

बढ़ावा देंगे। इसलिए मनोरंजन व्यापारी समाचार पत्र की सुर्खी बन सकते हैं परंतु देश चलाने के लिए मनमोहन सिंह, अटल बिहारी वाजपेई चाहिए। भारतीय सिनेमा की 90 के दशक की मसाला फिल्मों का खल चरित्र अधिकतर एक अनपढ़ नेता ही होता था, वो नेता नायक या एक व्यक्ति के परिवार की तबाही का जिम्मेदार होता था, किन्तु वास्तविकता में सच इससे भी भयावह है, अनपढ़ और अशिक्षित नेताओं के अदूरदर्शी निर्णय पूरे देश की तबाही कारण बनते हैं।

ऐलोपैथिक बनाम आयुर्वेद विवाद को गांधी दर्शन से हल करिये

महामारी के इस विकट दौर में आज जबकि भारत की लड़ाई कमजोर पड़ती दिख रही है और इसका एक प्रमुख कारण स्वास्थ्य संरचनाओं की कमजोर नींव होना भी है, हम बेवजह के आयुर्वेद बनाम एलोपैथिक विवाद में उलझे हुए हैं। जबकि विकट भयावह परिस्थितयों में सभी को एक समग्र और एकीकृत दृष्टिकोण अपनाना चाहिए। महात्मा गांधी जो पाश्चात्य सभ्यता के विरोधी थे आधुनिक चिकित्सा के द्वारा रोगों के इलाज के पक्ष में नहीं थे। वे शरीर की किसी भी व्याधि का उपचार प्राकृतिक चिकित्सा पद्धति द्वारा करने के हिमायती थे। उनकी कुदरती उपचार की धारणा में आध्यात्मिक दृष्टि भी निहित थी। उनकी पुस्तक कुदरती उपचार की प्रस्तावना में कुमारप्पा जी ने लिखा है गांधी जी का जीवन मेंबहुत पहले से ही आधुनिक दवाइयों में विश्वास नहीं रहा था। उनका यह पक्का विश्वास था कि अच्छा स्वास्थ्य बनाये रखने के लिए केवल इतना ही करना जरूरी है: आहार के सबंध मे मनुष्य कुदरत के नियमों का पालन करे, शुद्ध और ताजी हवा का सवेन करे, नियमित कसरत करे, साफ-स्वच्छ वातावरण में रहे और अपना हृदय शुद्ध। ऐसा करने के बजाय आज मनुष्य को आधुनिक चिकित्सा पद्धति के कारण जी भरकर विषय भोग में लीन रहने का, स्वास्थ्य सदाचार का हर नियम तोड़ने का और उसके बाद केवल व्यापार के लिए तैयार की जाने वाली दवाइयों के जरिए ये शरीर का इलाज करने का प्रलोभन मिलता है। स्पष्ट है कि गांधी जी आहार विहार के सन्दर्भ में सत्याग्रही थे। वे आधुनिक चिकित्सा विज्ञान के लोभ आधारित व्यापार मॉडल को बहुत पहले ही भांप चुके थे। अब अगर आयुर्वेदिक चिकित्सक भी एलोपैथिक डाक्टरों की तरह दवा को व्यापार की वस्तु बनाएँगे तो ये शरीर की अहिंसक अवधारणा की हत्या करेंगे।

गांधी जी हिन्द स्वराज में लिखते हैं अस्पताल पाप की जड़ है। उनकी बदौलत लोग शरीर का जतन कम करते हैं और अनीत्तत को बढ़ाते हैं। यूरोप केडॉक्टर तो हद कर दते हैं। वे शरीर के ही गलत जतन के लिए ही लाखों जीवों को हर साल

मारते हैं, जीवित प्राणिंयों पर प्रयोग करते हैं। ऐसा करना किसी भी धर्म में स्वीकार नहीं हैं। गांधी जी का मानना था जो रोग आधुनिक सभ्यता के विकास की देन हैं उन्हें भी कुदरत उपचार द्वारा ठीक किया बशर्तें मनुष्य शारीरिक सत्याग्रह के नियमों का पालन करें। वे कुदरत के पांच महाभूत तत्व जल, भूमि, आकाश, अग्नि और वायु की शुद्धता के माध्यम से रोगों के प्रति अहिंसक प्रतिरोध के पालन पर जोर देते थे। इस महामारी के दौर में हमारा संयमित व्यवहार हमें व्यापार के शोषण से बचा सकता है। श्री राम शर्मा आचार्य जी कहते थे कि "सब रोगों की एक दवा, साफ पानी साफ हवा।" अपने वातवरण कप हरित और प्रदूषण मुक्त रखकर भी गांधी के कुदरती उपचार के निकट जाया जा सकता है। हमें लेकिन इस विकट समय में कोरोना योद्धाओं के योगदान को कम नहीं आंकना चाहिए। "गांधी जी चिकित्सा में व्यापार भाव के विरोधी थे, सेवा भाव के नहीं और उन्हीं के शब्दों में"। इस तरह कुदरती उपचार जीवन जीने की एक पद्धति है। रोग मिटाने के उपचारों की पद्धति नहीं। कुदरती उपचार के लिए यह दावा नहीं किया जाता कि उससे सभी बीमारियां दूर होती हैं। दवा-दारू का ऐसा कोई भी तरीका नहीं है, जिससे सब रोग मिट ही जाते हों। अगर ऐसा होता तो हम सब अमर न हो जाते?। आशा है बाबा रामदेव गांधी के दर्शन से कुछ सीख लेगें और व्यापारिक प्रतिस्पर्धी भाव को छोड़ सेवा भाव पर ध्यान लगायेगें। ऐसा दूसरे पक्ष ले लिए भी सत्य है।

अवसाद, शोषण और उत्पीड़न के शिकार हैं निजी विश्विद्यालयों के शिक्षक

नई शिक्षा नीति की घोषणा के बाद जिस तरह उच्च शिक्षा संस्थानों को निजी संस्थानों और ठेका संस्थानों को बेचा जा रहा है। वो भारत में उच्च शिक्षा की बदहाली की एक अलग ही कहानी बयान करता है। पूँजीपतियों के हाथों में बंद ये शिक्षण संस्थान बौद्धिक और मानवीय श्रम का अमानवीय शोषण करते हैं। उच्च शिक्षा का वास्तविक उद्देश्य विचार और नवाचार है किन्तु धन के लोभ और लाभ कमाने के चक्कर में ये संस्थान शिक्षा जैसे विषय को भी बाजार में लाकर खड़ा कर दिए हैं। शिक्षको को दिन में एक साथ ऑनलाइन कक्षाओं के लिए लगातार बैठने के कारण शारीरिक और मानसिक तनावों का शिकार होना पड़ता है तो वहीं दूसरी और काम के घंटों का भी कोई नियत निर्धारण नहीं है। वेतन और भत्तों में अकारण कटौती की जाती है। निजी विश्विद्यालयों के पदाधिकारी भी शोषण और दोहन की दोहरी नीति पर चलते हैं। विभाग अध्यक्षों का रवैया हिटलरशाही और तानाशाही से ग्रसित हैं और वे बौद्धिक परिचर्चाओं के लिए नहीं अपितु अन्य प्रशासनिक कार्यों के लिए बौद्धिक जीवियों पर अतिरिक्त दबाव बनाते हैं। काम के घण्टों के नियत न होने के कारण शिक्षकों की व्यक्तिगत और भावनात्मक जिंदगी शून्य हो चुकी है किन्तु पूंजीपतियों के हाथों बिकी हुई सरकार बौद्धिक श्रम के उत्पीड़न का संज्ञान क्यों लेगी? बौद्धिकों का ये शोषण समाज की सृजनात्मकता की हत्या है। कारपोरेट विश्विद्यालय इस रचनात्मकता को चूस कर लाभ कमाना चाहते है और एक लोकतांत्रिक प्रणाली वाले देश में ऐसे अलोकतांत्रिक प्रक्रियाएं सामाजिक विघटन को जन्म देती हैं। ये विघटन पारिवारिक अलगाव का कारण बनते हैं। काम घंटों के नियत न होने का प्रभाव जीवन शैली से सम्बंधित जनित रोगों और अवांछित मृत्यु के रूप से सामने आता है। अगर अध्ययन किये जाएँ तो ये तथ्य अवश्य सामने आएगा कि बौद्धिक श्रम करने वाले शिक्षकों के लिए शारीरिक व्यायाम के लिए समय भी नहीं है। वे काम के तनावों, सामाजिक विघटन और स्वास्थ क्षय के शिकार हैं। बौद्धिकों का ये पूंजीवादी शोषण सांस्कृतिक रचनात्मकता की खुली हत्या है। इस हत्या के षड्यंत्र का खुला

उद्देश्य मशीनों के शोषण से मशीनें तैयार करना है ! क्योंकि मशीनें बगावत नहीं करती ! वे सवाल नहीं उठाती और सबसे बड़ी बात वे भावना शून्य और वेदना रहित होती हैं। पूंजीवादी विश्विद्यालयों से निकली मशीनों से समाज निर्माण और राष्ट्र निर्माण की आशा करना भी बेमानी से लगता है। खून चूसने वाले निजी विश्विद्यालय खुद जब विघटन का शिकार होंगे तब ही शोषण खत्म होगा ! या फिर भारत के निजी विश्विद्यालयों के बौद्धिक मजदूर एक हो जाएँ। पर ऐसा संभव होता नहीं लगता।

भारत की पर्यावरणीय नीति को गांधीवादी सिद्धांतों के अनुरूप बनाना चाहिए

संस्कृत में एक कथन है अन्य क्षेत्रे कृतं पापम, तीर्थ क्षेत्रे विनश्यति, तीर्थ क्षेत्रे कृतं पापम, व्रजालेपो भविष्यति! इसका अर्थ है कि कहीं और पाप करोगें तो गंगा में धुल सकते हैं, किंतु यदि तीर्थ क्षेत्र में पाप करेंगे तो उन्हें कहां धोयेंगें। ये सूक्त वाक्य मैंने गांधीवादी विचारक दादा धर्माधिकारी की पुस्तक गांधी विचार और पर्यावरण से लिया है। दादा धर्माधिकारी की मुलतः मराठी में लिखी है किंतु इसके विचार बहुत ही सारगर्भित हैं और भोगवादी जीवन शैली और और प्रकृति के शोषण के विरुद्ध एक अहिंसक क्रांति की नींव रखते हैं। इस लेख के अधिकतर बिंदु दादा धर्माधिकारी के विचारों का पुनर्पाठ हैं। गांधी का अहिंसा का विचार वे प्रकति पर भी लागू करते हैं, वे मानते हैं कि शुद्ध पर्यावरण एक तीर्थ है और उसकी रक्षा करना हमारा कर्तव्य किन्तु ये कर्तव्य बोध एक आर्थिक लालच में फंसा हुआ मनुष्य नहीं करता, क्योंकि उसकी अहिंसा की समझ केवल मानवमात्र तक सीमित है। यदि आप स्वतः जीवनयापन करें और दूसरों को जीने में मदद करें तो ये अहिंसा है। सनातन धर्म हमें इस पांच तत्वों के पवित्र रूप से अपनी धरती को माँ के समान सम्मान दने की बात करता है द्यग्रीक सभ्यता में ‘‘मदर नेचर’’ या गिआ कहा गया है। अपनी धरती के संसधानों के प्रति अनासक्ति का भाव ही अहिंसा हैं। प्रकृति के सूक्ष्म जीवों के प्रति करुणा का भाव अहिंसा है। जिसे जैन धर्म में स्वानुशासन या अणुव्रत कहा गया है। किन्तु आर्थिक वृद्धि के मोहपाश में फंसी हुई उत्तर आधुनिक सभ्यता गांधी की अंहिंसा के दार्शनिक रूप को समझ नहीं पायी है। वे सतत विकास की बात कहकर पल्ला झाड़ लेते हैं। किन्तु दार्शनिक और व्यवहारिक तौर पर सतत और विकास दो विरोधाभासी शब्द हैं। विकास जो कि नदियों, पहाड़ों, भूमि और जंगलं का शोषण करता है कभी सतत नहीं हो सकता है। आधुनिक अर्थ विज्ञानियों सतत विकास की अवधारणा भी हिंसा से मुक्त नहीं हैं। हमने ‘वसुंधरा’ के वसु शब्द का अर्थ सम्पत्ति लगा कर उसका शोषण चालू रखाद्य जबकि अथर्ववेद भूमि को जगततारिणी कहता है। ये अनियंत्रित उपभोग ही आज की सभी

समस्याओं का मूल है। गांधी का विचार यंत्र या विकास का विरोधी नहीं है किंतु यदि यह यंत्र पर्यावरण और पारिस्थितिकी को नुकसान पहुंचाता है तो उसे मानव द्रोही कहा जाएगा। गांधी जानते थे कि वह आदमी विकास का केंद्र बिंदु कभी नहीं रहेगा जिसकी अपनी असीमित इच्छाओं पर नियंत्रण नहीं है, इसीलिए उन्होंने विज्ञान के-साथ मनुष्य को आध्यात्मिकता की ओर ध्यान लगाने को कहा उनके विचार में पर्यावरण के प्रति हर एक मानव का राज्य के तरह समान कर्तव्य है किंतु यह कर्तव्य बोध मानव की अपरिमित उपभोग लालसा के चलते खतरे में रहता हैद्य गांधी की अहिंसा त्रिस्तरीय है वह पर्यावरण को सत्य और प्रेम से भी जोड़ देते हैं केवल हिंसा ना करना अर्थात किसी को ना मारना मात्र अहिंसा नहीं है, पर्यावरण के संदर्भ में अपने उपभोग को इस प्रकार नियंत्रित करना की आने वाली पीढ़ियों के पास संसाधनों की कमी ना रहे ही अहिंसा है। गांधी इसके लिए लघु तकनीकों के प्रयोग पर बल देते थे! यह बात ध्यान रखने योग्य है कि उच्च स्तरीय पूंजीवादी तकनीकों में पर्यावरण संरक्षण की बात तो की जा सकती है पर उसके सतत लक्ष्यों को प्राप्त नहीं किया जा सकता। उपभोक्तावादी तथा विलासी जीवन संस्कृति व दोषपूर्ण पूर्ण विकास नीति के कारण प्राकृतिक संसाधनों का जैसे जंगल जल स्रोत खनिज संपदा आदि का तेजी से अवमूल्यन हो रहा है और वह प्रदूषित हो रहे हैं सबसे ज्यादा नुकसान जंगलों को हुआ है देश के ज्यादातर पहाड़ नंगे हो गए हैं और प्राकृतिक वन समाप्त होते जा रहे हैं। आबादी बढ़ने के साथ जंगलों में कुछ कमी आना तो स्वाभाविक था किंतु जंगलों का या विनाश प्लाईवुड कार्ड बोर्ड तथा पर्यटन उद्योगों के विकास के कारण हुआ है। जंगलों का विनाश वास्तव में गंभीर चिंता का विषय हो गया है। जंगलों के विनाश के कारण भूमि का कटाव हो रहा है और भूमिगत जल का स्तर नीचे आ रहा है, अधिक उत्पादन के लालच में भूमि की उर्वरा शक्ति भी दिन प्रतिदिन कम होती जा रही है। जल प्रलय बार-बार और अधिक भयावहता के साथ आती हैं अकाल और बाण जीवन के नियमित अंग हो गए हैं। मौसम चक्र भी बदल गया है इसके परिणाम स्वरूप करोड़ों लोगों की जिंदगी खतरे में आ गई है। कारखानों से निकलने वाले जहरीले तत्व चाहे वह गैस के रूप में हो याद रखो या ठोस पारिस्थितिकी को तालाब को नदी को प्रदूषित कर रहे हैं या दोषपूर्ण औद्योगिक नीति का

परिणाम है। कुल मिलाकर बात यह है कि वर्ष 2006 के बाद से हमारे पास कोई ठोस पर्यावरण नीति नहीं है और जो नीति है अभी उसमें केवल सतही और खानापूर्ति वाली बातें की गई है। संदर्भ यह है कि यदि हमने अपने दोषपूर्ण विकास मॉडलों को नहीं बदला तो हम आने वाली पीढ़ी को सिर्फ सतत विकास की परिभाषा ही पुस्तकों में सिखा पाएंगे क्योंकि कहीं ऐसा ना हो कि हमें आने वाली पीढ़ियों के सामने यह कहना पड़े एक जंगल एक पेड़ एक नदी एक पोखर हुआ करता था क्या हम प्रकृति के संसाधनों को संग्रहालय में रखेंगे? यदि इंसान यदि इंसान इन संसाधनों को अभी विवेकपूर्ण ढंग से अहिंसक पर पर प्रयोग नहीं करेगा तो या कोरी कल्पना सच भी हो सकती है हमें यह याद रखना है कि हम उस सनातन संस्कृति के वाहक हैं, जिसमें वेद भी प्रकृति को ईश्वर तुल्य मानते हैं। क्या हम अपनी आने वाली सनातन संस्कृति पर पर्यावरण को ना बचा पाने का कलंक लगा देंगे चेतना मनुष्य के लिए अब आवश्यक हो गई है? आप पर्यावरण को बचा सकते हैं इसके लिए सोचिए बड़ा और छोटे-छोटे कदम उठाइए मसलन स्वदेशी का इस्तेमाल पॉलिथीन का बहिष्कार उपयोग में कमी और आवश्यकता आधारित जीवन फैसला आपके हाथ में है आपको क्या चुनना है एक हरित भविष्य या प्रदूषण युक्त समाज।

बक्सवाहा के जंगलों को बचाने के लिए हमें प्रकृति के प्रति संवदेनशील होना ही होगा

महान पर्यावरणविद् सुंदर लाल बहुगुणा को इस दुनिया से विदा हुए ज्यादा दिन नहीं हुए हैं उनके निधन पर बहुत सारे चिंतकों, लेखकों, नेताओं और सरकारों ने उन्हें दिखावटी श्रद्धांजलि दी। दिखावटी कहने का साहस यहां पर इसलिए मैंने किया क्योंकि शायद ही किसी ने भी सुंदर लाल बहुगुणा के प्रकृति के प्रति उनके दृष्टिकोण से कुछ सीखा हो या आत्मसात किया हो। कुछ पर्यावरणविद् भले ही उनके द्वारा दिखाए गए गांधीवादी मार्ग पर चल रहे हों, किंतु एक हरित समाज बनाने के लिए विचारों को आत्मसात करना पड़ता है। दुःख की बात ये है कि मध्य प्रदेश में विलासिता आधारित वस्तु हीरे की एक खान के लिए लगभग 3 लाख पेड़ों को काटे जाने की योजना को सरकारी मंजूरी मिल चुकी है जब दुनिया इस समय तमाम बड़े पारिस्थितिकी खतरों से जूझ रही है और। भारत भी सतत विकास के लक्ष्यों को प्राप्त करने में समर्थ नहीं दिख रहा ऐसे समय में भी लोगों को विकास का मायाजाल दिखाकर एक भरे पूरे जंगल को उजाड़ने की सोच मानवीयता के नियमों का खुला अवमान है। एक समाज के तौर पर ये हमारी असफलता भी है। विकास की अंधी दौड़ में हम प्रकृति से दूर होते चले गए क्या करोड़ों के रत्नों के लिए जीवन देने वाले अमूल्य वृक्षों की हत्या करना महापाप नहीं किंतु आर्थिक वृद्धि का झूठा प्रपंच रचने वाले अर्थशास्त्री इसे नहीं समझेंगे।

न केवल मध्य प्रदेश अपितु उत्तर प्रदेश के बांदा, महोबा, हमीरपुर, बांदा, चित्रकूट, फतेहपुर, छतरपुर, टीकमगढ़, निवाड़ी आदि जिलों की आबादी भी इस बक्स्वाहा के वन्य क्षेत्रो को उजाड़ने की योजना से दुखी है। जैव विविधता से परिपूर्ण इस वन्य क्षेत्र के लिए प्रदेश सरकार ने जंगल में 62.64 हेक्टेयर जंगल को चिह्नित कर खदान बनाने के लिए दिए जाने का फैसला किया है, लेकिन कंपनी ने 382.131 हेक्टेयर का जंगल मांगा है। कंपनी का तर्क है कि बाकी 205 हेक्टेयर जमीन का उपयोग खदानों से निकले मलबे को डंप करने में किया जाएगा। कंपनी इस प्रोजेक्ट में 2500 करोड़ रूपए का निवेश करने जा

रही है। ये कम्पनी आदित्य बिरला ग्रुप से संबंधित है। सवाल जंगलों को उजाड़ने से ज्यादा प्रकति के प्रति हमारी मरती हुई संवेदना का है और वो भी तब जबकि विश्व भर में वन्य जीवों के रिहायशी इलाकों में मानवीय अतिक्रमण बढ़ रहा है। वन्य जीवों की विभिन्न प्रजातियों की अंर्तराष्ट्रीय स्तर पर अवैध तस्करी के चलते इनके अस्तित्व पर संकट का खतरा मंडरा रहा है। जैसे जैसे वन्य क्षेत्रों का विनाश होता है वन्य प्रजातियां भी विलुप्तता का शिकार होती हैं। तेंदुए, बाघ, और हाथी की प्रजाति भी आज संकट में हैं। एक सर्वेक्षण के अनुसार पिछले कई वर्षों भारत में 367 वर्ग किलोमीटर जंगल कम हुए हैं। वन विभाग की रिपोर्ट के मुताबिक, 80 फीसदी जंगलों के गायब होने की वजह आबादी का पास आना है, जबकि 20 प्रतिशत औद्योगिकीकरण है। यहां तक कि आदिवासी बहुल जिलों में भी 679 वर्ग किलोमीटर के वनोन्मूलन की बात रिपोर्ट में कही गयी है। अब जबकि सम्पूर्ण जैव विविधता खतरे में है, वन्य क्षेत्रों को उजाड़ने का यह निर्णय मानव असंवेदनशीलता का बहुत बड़ा उदहारण है। भारत की सनातन संस्कृति में प्रकृति के प्रति भक्ति के आलावा समर्पण का भाव निहित है, ये समर्पण प्रकृति के प्रति प्राणी मात्र को संवेदनशील बनाता है किन्तु आधुनिक और विकास की काली गाथा में और कुछ रत्नों की चमक के चुंधियापन में हमने उस मानसिक शांति को भी खो दिया जो कि हमें प्रकृति की हरित गोद में मिलती है। शहरों में रहने वाले अशांत लोग पहले अपने उपभोग से प्रकृति को नुकसान पहुचाते हैं फिर पर्यटन के नाम पर इन कुदरती सम्पन्न इलाकों का दोहन करते हैं। अब सोचिये अपनी विलासिता की पूर्ति के लिए कुछ धनिक हरे भरे पर्यावरण को भी एक विलासिता की वस्तु बना देते हैं। स्मरण रहे हरा भरा पर्यावरण हर मानव का नैतिक और नैसर्गिक अधिकार है। अगर आने वाली पीढ़ी को एक हरित दुनिया देनी है तो कुछ विलासी हीरों की चाहत में कटने वाले बक्स्वाहा वन्य क्षेत्र को बचाना ही होगा। चाहे उसके लिए फिर से कोई चिपको जैसा आंदोलन खड़ा करना पड़े। अगर ये लाखों पेड़ बच गए तो, ये हमारी हिमालय के रक्षक सुंदरलाल बहुगुणा को सच्ची श्रद्धांजलि होगी।

किसान आंदोलन को न तो सामजिक आंदोलन कहा जा सकता है और न ही सामाजिक सत्याग्रह

पिछले लगभग 7 माह से चल रहे किसान आंदोलन ने लोकतांत्रिक समाज में आदोलनों की भूमिका पर लोगों को विचार करने का अवसर दिया है। तमाम प्रकार के सोशल मीडिया पेज इस आंदोलन के विरोध या समर्थन की असंपादित टिप्पणियों और अवांछित चित्रों से भरे पड़े हैं। लेकिन ये चित्र और टिप्पणियां समाज में वैमनस्य का भाव फैला रही हैं और दुर्भाग्य ये है कि कुछ तथाकथित बुद्धिजीवी में इन अमर्यादित सोशल मीडिया पोस्टों का समर्थन करते हुए हिंसा और द्वेष की आग में घी ड़ालने का काम कर रहे हैं। कुछ लोग इस आंदोलनको को सामाजिक सत्याग्रह और सामाजिक आन्दोलन की श्रेणी में रख रहे हैं। ऐसा कहना या इन आन्दोलनों को सामाजिक आंदोलन की संज्ञा देना अवधारणात्मक तौर पर गलत है। वास्तव में किसी भी आंदोलन को सामाजिक आंदोलन बनने लिए एक चरणबद्ध प्रकिया से गुजरना होता है और इनके कुछ लक्षण, प्रकृति और सहायक दशाएं होती हैं। ये लेख आंदोलन के समर्थन या विरोध में न होकर अवधारणात्मक तौर पर किसान आंदोलन की प्रकृति का परीक्षण करता है।

समाज विज्ञानियों की परिभाषाओं के अनुसार किसी भी सामाजिक आंदोलन का उद्द्देश्य सामाजिक व्यवस्था के विरोध से होता है और इनका संचालन समाज में नवीन परिवर्तन लाने या किसी नवीन परिवर्तन का विरोध करने के लिए होता है। इस विरोध की प्रक्रिया पांच स्तरों तक जाती है। पहला, असंतोष की, स्थिति, दूसरा उत्तेजना पूर्ण स्थिति, उसके बाद औपचारीकरण, संस्थानीकरण और समापन की स्थिति आती है। हर एक सामाजिक आंदोलन के उदय के लिए वर्ग संघर्ष की भावना, सांस्कृतिक चेतना, सामाजिक विघटन और परिवर्तनशील सामाजिक स्थिति का होना एक आवश्यक शर्त है।

सामाजिक आंदोलनों का उद्देश्य सामाजिक धार्मिक एवं राजनीतिक क्षेत्रों में आंशिक अथवा अमूल चूल परिवर्तन लाना हो सकता है, इसी सदी में रूस और चीन में सामाजिक क्रांतियां हुई तथा भारत में भी प्रगतिशील सामाजिक आंदोलन हुए इसमें

ब्रह्म समाज आर्य समाज थियोसॉफिकल सोसायटी और रामकृष्ण मिशन का नाम लिया जा सकता है। मध्य प्रदेश में हुए बिरसा आंदोलन राजस्थान में भीलों के लिए हुए भगत आंदोलन वीर सिंह आंदोलन और पर्यावरण के लिए हुए चिपको आंदोलन को भी सामाजिक आंदोलन कहा जा सकता है। भारत की राष्ट्रीय एकता को बनाए रखने के लिए हुए महात्मा गांधी के अहिंसक आंदोलनों को भी सामाजिक आंदोलन कहा जा सकता है। सामाजिक आंदोलन व्यवस्था को अहिंसक तौर पर बदलने की मांग करते हैं। यदि इन आंदोलनों में सत्याग्रह का पुट होता तो यह आंदोलन किसी भी दुर्भावना से रहित होते। उदाहरण के तौर पर महात्मा गांधी के सारे आंदोलन हृदय परिवर्तन, और सामाजिक अहिंसा के रास्ते से परिवर्तन करना चाहते थे। किंतु जिस प्रकार सोशल मीडिया पर किसान आदोंलन से जुडी हुई दुर्भावनाएं, पोस्ट और टिप्पणियां भरी हुई है इन आंदोलनों को सत्याग्रह भी नहीं कहा जा सकता। किसी भी आंदोलन को सत्याग्रह कहने के लिए सर्वप्रथम निजी एवं सामाजिक द्वेष को मिटाना होता है। आंदोलनों के उद्देश्य दूरगामी होते हैं ना कि तत्काल लाभ के लिए किसी व्यवस्था के प्रति अपनी दुर्भावना प्रकट करने के लिए। यह बात भी याद करने योग्य है कि आपातकाल के समय में हुआ जयप्रकाश नारायण का संपूर्ण क्रांति आंदोलन भी एक सामाजिक एवं आर्थिक आंदोलन था राजनीतिक आंदोलन होने के बाद भी उसमें सामाजिक परिवर्तन की बात नहीं थी विनोबा का भूदान आंदोलन भी सामाजिक अहिंसक आंदोलन का एक बहुत बड़ा प्रतिमान है। आजादी के इतने वर्षों के बाद जब हम आंदोलनों की एक नई श्रृंखला देखते हैं, तो हमें यह भी देखना पड़ेगा कि क्या यह आंदोलन किसी दुर्भावना से किसी राजनीतिक महत्वाकांक्षा से या किसी अवांछित राजनीतिक परिवर्तन की लहर से तो प्रभावित नहीं है ? यदि ऐसा है तो इन आंदोलनों को सामाजिक आंदोलन अन्यथा सामाजिक सत्याग्रह कहना, आंदोलन की भावना का ही अपमान है। सामाजिक आंदोलन लोगो की आकांक्षाओं, महत्वाकांक्षाओं को पूरा करने के लिए नहीं किए जाते। सामाजिक आंदोलन, सामाजिक अन्याय के विरोध में, सामाजिक परिवर्तन, सामाजिक विघटन और ऐसी व्यवस्था परिवर्तन के लिए किए जाते हैं जिससे समता और समानता समाज में लाई जा सके। आजादी के पूर्व भारत में हुए क्रांति

धर्मी सुधार आंदोलन भी सामाजिक आंदोलनों की श्रेणी में आते हैं। सामाजिक आंदोलन सुधार की अहिंसक नीति पर विश्वास करते हैं किंतु यदि वैमनस्य और द्वेष से से भरे लेख, चित्रों और पोस्ट द्वारा आंदोलनों को बढ़ाया जाएगा तो यह समाज में अवांछित विघटन को जन्म देंगे। याद रहे सामाजिक आंदोलनों का उद्देश्य सामाजिक विघटन का खात्मा करना होता है ना कि उसे जन्म देना। हर एक आंदोलन के पीछे राजनीतिक विचारधारा हो सकती है किंतु प्रारंभ में आंदोलन संगठनात्मक तौर पर शुरू होता है। किसी भी सामाजिक आंदोलन का जन्म तभी होता है जब लोग वर्तमान स्थिति से असंतुष्ट हो और सामाजिक परिवर्तन चाहते हो। यह बात भी ध्यान रखने योग्य है कि सामाजिक आंदोलनों का उद्देश्य कभी भी सत्ता परिवर्तन नहीं होता। राजनीतिक आंदोलन, सामाजिक आंदोलन से अलग भी नहीं होते हैं, किंतु अहिंसक सामाजिक आंदोलन संस्थानीकरण की प्रक्रिया से होकर जाते हैं और अपना संगठन, झंडा, भवन और संविधान बना लेते हैं तो इन आंदोलनों का एक राजनीतिक उद्देश्य भी सामने आ जाता है। किंतु यह भी सामाजिक आंदोलनों की एक स्थिति है हमें यह भी समझना पड़ेगा कि सुधारवादी, सामाजिक आंदोलन और क्रांतिकारी सामाजिक आंदोलन में भी अंतर होता है।

अधिकांश सुधारवादी आंदोलन प्रजातांत्रिक देशों में जन्म लेते हैं और ये अहिंसक प्रतिरोध द्वारा व्यवस्था में सुधार चाहते हैं किंतु यदि इसी व्यवस्था को हिंसा और प्रति हिंसा से बदला जाएगा तो यह आंदोलन हिंसक क्रांतिकारी आंदोलन बन जाएगा। इतिहास गवाह है कि किसी भी प्रजातांत्रिक राष्ट्र में सुधार वादी आंदोलन से ही सामाजिक परिवर्तन के अंतिम उद्देश्य को प्राप्त किया जा सका है चाहे वह भारत का विधवा विवाह, या बाल विवाह से संबंधित आंदोलन क्यों न रहा हो। अभी हम जिस तरीके से किसान आंदोलन में हिंसक गतिविधियों भावनाओं और व्यक्तिगत महत्वकाँक्षाओं को देख रहे हैं, हम इसे सामाजिक सत्याग्रह की श्रेणी में नहीं रख सकते। इसे सामाजिक आंदोलन भी कहने में हमें शीघ्रता नहीं करनी होगी क्योंकि इन आंदोलनों के पीछे न कोई सांस्कृतिक भावना है, न कोई सामाजिक प्रथक्करण की भावना है, न कोई गतिशीलता है और न ही कोई सामाजिक परिवर्तन की परिस्थिति है। कोई भी

आंदोलन जो अपने क्रियात्मक उद्देश्य या भावनात्मक उद्देश्य को सामाजिक तौर पर पूरा नहीं करता एक सामाजिक आंदोलन के तौर पर कभी सफल नहीं होता। आंदोलन को सत्याग्रह बनाने के लिए सत्याग्रही बनना पड़ता है और महात्मा गांधी सत्याग्रह लोगों से प्रेम और स्नेह करता है। सत्याग्रही किसी भी विलासी सामान को स्पर्श भी नहीं करता वह अपने विरोधी को प्रेम से जीतना नहीं बल्कि उसका हृदय परिवर्तन करना चाहता है और इस सत्याग्रह का उद्देश्य एक अहिंसक सामाजिक परिवर्तन होता है। किसान आंदोलन का उद्देश्य भले ही समाज में सबसे निचले तबके के खड़े लोगों के विकास से हो किंतु उसकी भावना में ऐसा ना होने के कारण उसे अभी एक लंबा रास्ता तय करना है आशा करते हैं कि यह किसान आंदोलन अपने चरणों को जाते हुए एक अहिंसक समापन की ओर पहुंचेगा और भारत के अहिंसक सत्याग्रही अहिंसक सत्याग्रह सामाजिक आंदोलनों में स्वर्ण अक्षरों में अंकित होगा।

www.ingramcontent.com/pod-product-compliance
Ingram Content Group UK Ltd.
Pitfield, Milton Keynes, MK11 3LW, UK
UKHW021657190726
13853UKWH00001B/317

9 789390 889846